ミネルヴァ日本評伝選

神とあらはれし事もたびたびの事也

柿本人麿

古橋信孝著

ミネルヴァ書房

刊行の趣意

「学問は歴史に極まり候ことに候」とは、先哲荻生徂徠のことばである。

歴史のなかにこそ人間の智恵は宿されている。人間の愚かさもそこにはあらわだ。この歴史を探り、歴史に学んでこそ、人間はようやくみずからの正体を知り、いくらかは賢くなることができる。新しい勇気を得て未来に向かうことができる。徂徠はそう言いたかったのだろう。

「ミネルヴァ日本評伝選」は、私たちの直接の先人について、この人間知を学びなおそうという試みである。日本列島の過去に生きた人々の言行を、深く、くわしく探って、そこに現代への批判を聴きとろうとする試みである。日本人ばかりではない。列島の歴史にかかわった多くの異国の人々の声にも耳を傾けよう。

先人たちの書き残した文章をそのひだにまで立ち入って読み、彼らの旅した跡をたどりなおし、彼らのなしとげた事業を広い文脈のなかで注意深く観察しなおす——そのとき、はじめて先人たちはいまの私たちのかたわらによみがえってくる。彼らのなまの声で歴史の智恵を、また人間であることのよろこびと苦しみを、私たちに伝えてくれもするだろう。

この「評伝選」のつらなりのなかから、列島の歴史はおのずからその複雑さと奥ゆきの深さをもって浮かび上がってくるはずだ。これを読むとき、私たちのなかに新たな自信と勇気が湧いてきて、その矜持と勇気をもって「グローバリゼーション」の世紀に立ち向かってゆくことができる——そのような「ミネルヴァ日本評伝選」にしたいと、私たちは願っている。

平成十五年（二〇〇三）九月

上横手雅敬
芳賀　徹

人麿図

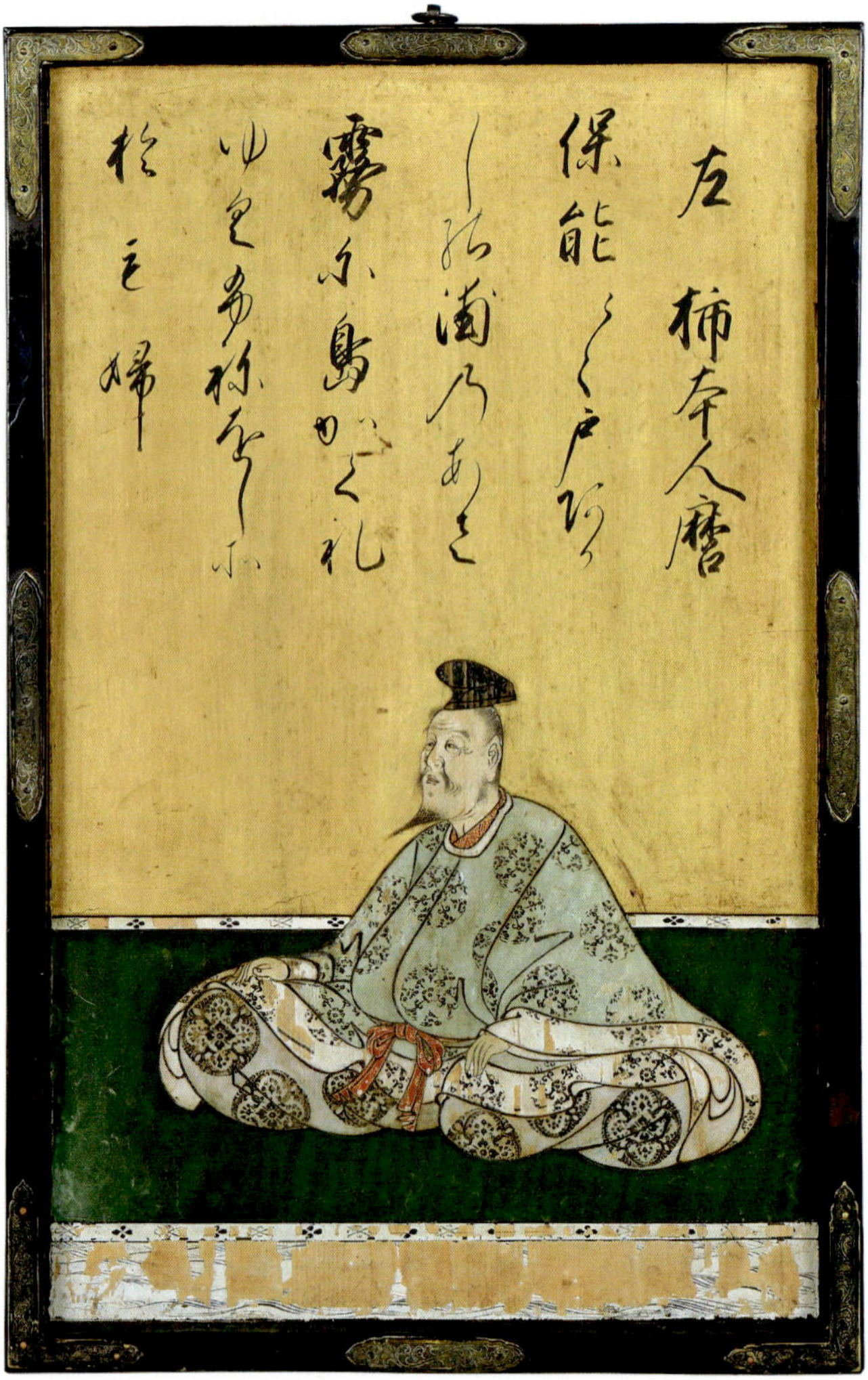

岩佐又兵衛「三十六歌仙額」の柿本人麿

柿本人麿肖像画

柿本人麿像

人麿御童子像

養母像

養父像

はじめに

本書は「ミネルヴァ日本評伝選」の一冊である。もう一〇年以上前で記憶は定かではないのだが、私は誰かの評伝を依頼され、柿本人麿なら書いてもいいと応えた。ただし、確かな資料もなく、企画趣旨と異なることになるが、それでもいいか、私はむしろ「反評伝」とでもいえるものを考えたいというようなことを話し、それでもいいなら書いてみたいと応えた。編集部は編集委員と相談したうえで、それでいいから書いて欲しいということだった。編集委員と編集部の度量の広さによって、この本が書けたわけだ。

「評伝」は書かれたものから推し量っていくものだが、書かれたものは必ずしも事実を伝えるものではない。したがって必ず曖昧な部分を抱えることになり、そういう部分に対処する方法が必要になるはずである。私は文学研究者あるいは批評者として、文学を自立したものとみなすことをしてきたから、言語表現を真実とみなしても、事実としてみることはしない。

「評伝」の危うさは、書かれたものを事実あるいは事実の反映とみなすことに依拠して書かれていることにある。特に古代、しかも人麿となると、生没年どころか、官職も両親も子孫も記録がない。

残された歌とその題詞から何がいえるかでしかないという いわば極限的な対象であることで、「評伝」のもつ危うさをもろに引き受けねばならない。そして、知にかかわる者として、単なる予想、いい加減な推量は止めるべきだと考えている。ここまではいえるという限界を明確にすべきである。

したがって、「評伝」といえるものにはなりそうもない。しかし「評伝」の抱える危うさを直接扱っていることにおいて、本評伝選に本書があることは意味あることと自負している。

といって、作家はやはりこの世に確かに生きていた。それなら、作家という存在に作品を通じてどのようにしたら迫れるのだろうか。それが本書で考えたいことの一つである。

そういう存在として人麿は格好の作家である。作品しか残されていないからだ。最初から作品そのものに依拠する以外方法はない。ではどのように作家に迫りうるのだろうか。残された作品からは主題、表現の方法などを導くことはできる。それが人麿固有のものだとすれば、そこから人麿の固有性を考えることはできるかもしれない。といって、その固有性と人生との関係を結びつけるのは難しい。たとえば恋歌があるからといって人麿自身の恋愛を想定することも難しい。

ただ、人麿から始まる表現を指摘することはできる。そこで、本書がとってみようとする方法の一つは、人麿を時代においてみることである。人麿が自分の意志や好みとしてある作品を作ったというのではなく、その生きた時代が作品を作らせたと考えてみる見方である。少なくとも、人麿の作品が残されていったのは、人麿一個人を超えるものが作品にあったからに違いない。先に反評伝といった理由でもある。

近代において人麿について書いて評判になった二つの書物がある。一つは斎藤茂吉『柿本人麿』（全五冊、一九三四〜四〇年）、もう一つは梅原猛『水底の歌――柿本人麿論』（一九七三年）である。茂吉については品田悦一『万葉集の発明』（二〇〇一年）、本評伝選の『斎藤茂吉』（二〇一〇年）に譲るとして、本書を書くに際して、『水底の歌』を読み返して考えたことに触れておきたい。

『水底の歌』は斎藤茂吉の人麿がどこで死んだかという諸説、賀茂真淵らの、「ならの帝」の時代に人麿がおり、正三位という位をもっていたという『古今和歌集』「仮名序」をどう解釈したらいいかという諸論などに対する批判と、人麿は罪に問われて死に、怨霊となったという自説の主張が絡み合って展開されている。つまりどの章もほとんど諸説と緒論の批判で成り立っているという書物だ。わずかしかない人麿の資料から導けるのは関係する資料を駆使して推測を重ねることしかないから、自説の主張にはそれぞれの説を検討し批判するほかなかったといってもいいだろう。

しかしこの方法ではいくら自説を力説しても絶対的に自説こそが正しいと証明することはできない。資料の読み方が基本的に同じだからである。その読み方とは、作品は少なくともなんらかの事実を反映しているということ、そしてわれわれに与えられた事実としての歴史を絶対化したうえでの読み方ということである。

『水底の歌』を読みながら私はかつて読んだときに、本書は多くの伝承に依拠することで成り立つが、その伝承に対する感じ方、考え方が誤っていると考えたことを思い出した。そして、今もまた同じことを思った。近代は、知に関心をもってしまった者は否応なくあらゆる社会、人間のうえに立った普遍的な思考を迫られる社会である。だから実証という誰でもが納得せざるをえない方法をもって過去に迫らざるをえない。しかし最初から資料がない場合は、近代の知は通用しない。人麿については実証的な方法は拒絶されているのだ。

伝承はそういう実証を超える、どの社会にもある人々の想いの表現である。梅原の他との最大の違いは伝承を抱え込むことで史実を掘り起こそうとしたことである。しかし伝承には事実が反映されているという見方は近代が生み出したものである。伝承は生み出した時代、社会の真実を表現したものだが、必ずしも事実をあらわしたものではない。後に述べるが、『古今和歌集』「仮名序」の正三位人麿が「ならの帝」と心を一にしたという叙述は、伝承によったと考えるべきだ。勅撰集である『古今和歌集』の序文がいいかげんな間違いであるはずがない。梅原は『続日本紀』に見える柿本氏の柿本猨《さる》と同一人物だと証明しようとし、同じ『古今和歌集』の「真名序」に人麿が「大夫」とあることに注目して、この時代には「大夫」が四、五位であるから従四位上である猨と一致するとするが、同時代の、しかも同じ『古今和歌集』の序文の叙述の一方が誤りとしているわけだ。同時期に、しかも同じ勅撰集の序文のどちらかが間違っていると考えるほうが間違っている。こういう場合はむしろ両方とも正しく、同じことを意味していると考えるべきだろう。「大夫」は、梅原が排除した最初の意味である身分の高い人とみなすべきである。伝承は最初から事実か否かというレベルではないのだから、こちらが誤りで、こちらが正しいという論議はまったく意味がない。

斎藤茂吉や梅原猛だけでなく、大部分の研究者たちも陥っているのは近代の知を相対化できないことである。いわゆる科学に対する絶対的な信頼といっていい。古典を読むとはそういう知を相対化していくことだ。特に人麿のように史料のない対象はそれを強いてくる。

とにかく、正史に書かれたのとは別の伝承があったと考えるべきだ。歌にかかわる伝承があり、紀貫之はその伝承によって「仮名序」を書いたのではないか。

人麿は中世にかけてさまざまな伝承を生み出している。伝承は生み出した社会、それを伝える社会の真実、それがいいすぎなら、真実の一部を含んでいるはずである。民俗学はそちらに価値を置く見方を出した。しかし梅原だけでなく、日本文学研究自体がそういう民俗学の見方を方法化することができていなかった。いや民俗学自体、伝承から社会を考える方法を確立しえないでいる。文学研究の民俗学的方法は、たとえば人麿を「巡遊伶人」とすることはあっても、そうみることが歌の位置を変えることにはならなかった。そして伝承のなかに人麿を位置づけることができなかったのである。

そこで本書で考えてみたいことのもう一つは「伝承」から人麿を考えてみたいということである。「伝承」は社会が生み出すものである。したがって時代によって人麿はどういう者かが違ってくる場合がある。そこからみえるのは人麿ではなく、社会が人麿に求めたものといえるだろう。

この本を書くにあたってことわっておきたいことがある。

人麿の表記である。ここまですでに私は「人麿」と書いている。古代文学研究者は「人麻呂」と表記する場合がほとんどである。「ひとまろ」という和名に対して、中国の漢字しか文字がなかったから、ヒトは「人」と漢字の意味からの表記をし、マロは「麻」と「呂」と漢字の音をあてて表記した。だから「人麻呂」が古い表記である。「麿」は「麻呂」を一字にして日本漢字である。

しかし『万葉集』の現存の最良の写本である西本願寺本は「人麿」と表記している。その写本から作られたわれわれの読んでいる活字の『万葉集』を、元が「人麻呂」だからといって直していいものか。私は中西進の『万葉集』に従ったので「人麿」とした。

平安期から「人麿」は「人丸」と書かれる場合が多くある。マルとマロは音変化で同意だから、ヒトマロもヒトマルも同じである。中世以降、特に民間ではほとんど「人丸（ひとまろ）」なので、引用する際もそのままとした。

柿本人麿——神とあらはれし事もたびたびの事也

目次

図版一覧

序章　人麿を読み解くために

人麿を考える第一の方法

柿本人麿は『万葉集』に長歌一九首、短歌六九首を残す歌人である。後世に伝説は多くあるが、他に史料はない。そういう人物に評伝は可能だろうか。もちろん不可能である。しかし、私は最初から人麿の人生に関心はない。というより、ほとんどの文学者の人生に関心はない。人生は固有のものだ。それぞれが固有に人生を生き、死んでいく。作家には作品が残される。だからといって作家の人生が普通の人の人生より価値が高いということはない。作品が残され、評価されるとはその作品が作家個人を超えることを意味する。特に出版の技術のない時代、作品が残され伝えられていくのは、その作品が人の心を捉えるからである。そのとき、作品は読者が抱えている問題や抱いている関心などを共有している。読者が共感するのは作家に対してではなく、作品に対してである。

すぐれた作品は、作家個人が抱えている問題、書きたいものを普遍化することで可能となる。だから作品は作家個人を超えている。その作家を超えたものと読者の抱えているものが作品において共鳴するのである。つまり、作品は書かれた時代、社会の出会っている共通の問題を浮き彫りにすることで、その時代、社会に位置を与えられている。

すぐれた作品は時代社会を超えるものをもっていることも述べておかねばならない。たとえば、『源氏物語』は平安期という書かれた時代を超えて文学作品としてすぐれている。それは人間や社会の普遍的なところまで至っているからである。大伴家持の春愁三首もそういう歌だろう。

とにかく作家の人生を辿っても、作品が分かるわけではない。読者は作家の人生に感動するわけではないのだ。にもかかわらず、作家に興味を抱くとすれば、人はそれぞれの人生を生きており、いろいろの場面でそれぞれの対応があり、それがおもしろいということ、また人間は不可思議なもので、作品と人生を対応させて考えてみることで、その不可思議さの謎の一つが解けた気がするからである。確かにそれはそれでおもしろい。しかし、作家と似通った人生を生きても作家になれるわけではないし、作家になったとしても、同じような作品を作れるわけではない。

つまり作家は個人として作品を書くのではなく、時代や社会の共通の関心を作品として書く、いわば時代や社会が憑依した存在なのである。時代や社会の共同性を担うのだ。

これが作品から作家を考える第一の方法である。図示しておけば、

読者→作品←語り手（詠み手）←作家

となる。この「語り手（詠み手）」は作家が作品を生むときに仮構される作品を統括する者であり、そこから共同性に通じている。

人麿を考える第二の方法

柿本人麿は作家として文学作品を書いたといえるのだろうか。そうは思えない。『万葉集』で創作意識をもって作品を作った最初の歌人は大伴旅人だと思う。中国魏晋南北朝期の竹林の七賢にちなんで「讃酒歌」（巻三・三三八〜三五〇）を作り、神仙思想によって「松浦河に遊ぶの序」（巻五・八五三〜八六四の序）を書いた。創作意識は作家という個人の存在を思わせる。人麿は創作意識とは違う。天武、持統朝の宮廷的な場を思わせるだけだ。こういう歌人は個人に行き着くことはない。そこで、宮廷歌人という像が浮かぶ。

この像は先の共同性と重ねることができる。宮廷という共同性から歌を作る宮廷歌人という像である。これが人麿を考える方法の第二である。つい最近まで私もこの見方をむしろ積極的に主張してきた。しかし、本書を書いているなかで、この見方は人麿を宮廷に縛り付けるものだと考えるようになった。宮廷歌人という像を留保したいのである。人麿の宮廷関係の歌は常に宮廷の中心に至ることはない。人麿のうたった「吉野行幸従駕歌」は宮廷から外に出た際のものであり、挽歌も天皇のものではなく、皇子のものである。人麿の歌にはいわゆる内廷のものはない。

なによりも人麿の官位は分からない。ということは身分が低いということで、そういう者が内廷に入れたことを示す例はない。これらの意味することをもう一度考えてみる必要を感じている。

人麿を考える第三の方法

人麿という名はほとんどの日本人が知っていると思う。その理由は、品田悦一『万葉集の発明』がいうように、明治期に『万葉集』が「国民文学」として「発明」されたからである。しかし平安期にも中世にも人麿は有名だった。では、人が歴史に名を残すとはどういうことなのかを考えてみてもいいのではないか。

歴史に名を残すとは、その人が生きていた時代を超えることである。時代を超えるにはその人の作品、そこにあらわれた思想がどの時代や社会を超える普遍性をもっている場合である。たとえば紫式部『源氏物語』がそういう作品だが、紫式部について、『今鏡』は、観世音の化身であり、この世の人々に無常を教える方便として『源氏物語』を書いたとしている。この場合、時代や社会を超える理由を無常という古代後期、中世における普遍性として考えているわけだ。ここには普遍性もまた時代や社会に閉じられる場合があることも示されている。われわれは個人の救済を問うているという意味で、近代にも通じているという言い方で、『源氏物語』の普遍性を語ることができる。古代前期、中世の普遍性を、この近代にも通じる普遍性から言い換えれば、この世も人も変わっていくという普遍性のなかで、人の救済がテーマになっているといえばいい。古代後期、中世では無常を知ることが救済になると考えているのである。

このように、名を後世に伝えるのは時代や社会を超える普遍性をもつからというのが基本だが、時代を超えても名が伝えられた時代の特殊性に閉じられている場合もある。人麿は平安後期には信仰の対象になっている。なぜだろうか。人麿自身に信仰を導く何かがあるのだろうか。そして信仰とかかわらなくても、語られている時代の抱えている深層の問題があるはずである。それはなぜ伝えられるかという伝承の問題でもある。これが人麿を考える第三の方法である。

以上の三つの方法を中心にして人麿に近づいていこう。

第一章　人麿をめぐる史料

1　『万葉集』

人麿の一次史料

人麿の生きた時代に近接する史料は『万葉集』にしかない。しかも、その『万葉集』の人麿関連の史料もどの程度人麿のいわゆる史実を伝えているか分からない。というのは、『万葉集』の編纂自体、何次にもわたるものらしく、編まれる元の史料がどのように伝えられてきたかもはっきりしないからである。たとえば、『万葉集』に「柿本朝臣人麿歌集」と呼ばれる史料が記されて、その名のもとに多くの歌が並べられている。しかし、それらの歌のどのくらいが人麿自身のものかどうかもわからない。そこで、仮説を立ててみる。

まず『万葉集』の巻一、二が成立したと考えてみる。それは、雑歌、相聞、挽歌という部立てによって、巻一、二が成り立っているからである。巻三は、雑歌、譬喩歌、挽歌という分類に、巻四は相聞という分類だから、巻一、二の繰り返しである。したがって、まず巻一、二が編まれ、続いて巻三、四が編まれたと考えるのが自然なわけだ。この巻一、二における人麿の歌を史実に基づいたものとしてみるのが、最初の仮説である。もちろん、そうでなくてもかまわない。ただ、人麿の活躍した時期がこの巻一、二で編まれている歌の詠まれた時期の前半とほとんどが一致するから、そうみなしてみることから始めたほうが、人麿を論じやすい。巻一、二に巻三、四を加えてもいいかもしれない。巻三、四は巻一、二に対する補遺、あるいは増補的な位置にあるとみなすこともできるからだ。

そこで、巻一、二、三、四の題詞もとりあえず史実を伝えているとみなすことから始める。巻四までの人麿にかかわる題詞をすべて挙げておく。

「過近江荒都時、柿本朝臣人麿作歌一首幷短歌」（巻一・二九〜三一）

「幸吉野宮之時、柿本朝臣人麿作歌二首幷短歌二首」（巻一・三六〜三九）

「幸伊勢国之時、留京柿本朝臣人麿作歌三首」（巻一・四〇〜四二）

「軽皇子宿于安騎野時、柿本朝臣人麿作歌一首幷短歌」（巻一・四五〜四九）

「柿本朝臣人麿従石見国別妻上来時歌二首幷短歌」（巻二・一三一〜一三七。「或本歌一首幷短歌」一三八、九）

「柿本朝臣人麿妻依羅娘子与人麿相別歌一首」（巻二・一四〇）

「日並皇子尊殯宮之時、柿本朝臣人麿作歌一首幷短歌」（巻二・一六七〜一六九。「或本歌」一七〇）

「柿本朝臣人麿献泊瀬部皇女忍坂部皇子歌一首并短歌」（巻二・一九四、五）
「明日香皇女木瓱殯宮之時、柿本朝臣人麿作歌一首并短歌」（巻二・一九六〜一九八）
「高市皇子尊城上殯宮之時、柿本朝臣人麿作歌一首并短歌」
（巻二・一九九〜二〇一。「或本歌一首」二〇二）
「柿本朝臣人麿妻死之後、泣血哀慟作歌二首并短歌」
（巻二・二〇七〜二一二。「或本歌一首并短歌」二一三〜二一六）
「吉備津釆女死時、柿本朝臣人麿作歌一首并短歌」（巻二・二一七〜二一九）
「讃岐狭岑島、視石中死人、柿本朝臣人麿作歌一首并短歌」（巻二・二二〇〜二二二）
「柿本朝臣人麿在石見国臨死之時、自傷作歌一首」（巻二・二二三）
「柿本朝臣人麿死之時、妻依羅娘子作歌二首」（巻二・二二四、五）
「丹比真人擬柿本朝臣人麿之意報歌一首」（巻二・二二六。「或本歌一首」二二七）
「天皇御遊雷岳之時、柿本朝臣人麿作歌一首」（巻三・二三五）
「長皇子遊獦路池之時、柿本朝臣人麿作歌一首并短歌」（巻三・二三九〜二四〇）
「柿本朝臣人麿羇旅歌八首」（巻三・二四九〜二五六）
「柿本朝臣人麿献新田部皇子歌一首并短歌」（巻三・二六一、二）
「柿本朝臣人麿従近江国上来時、作歌一首」（巻三・二六三）
「柿本朝臣人麿従近江国上来時、至宇治河辺作歌一首」（巻三・二六四）

「柿本朝臣人麿歌一首」（巻三・二六六）
「柿本朝臣人麿下筑紫国時、海路作歌二首」（巻三・三〇三、三〇四）
「柿本朝臣人麿見香具山屍、悲慟作歌一首」（巻三・四二六）
「土形娘子火葬泊瀬山時、柿本朝臣人麿作歌一首」（巻三・四二八）
「溺死出雲娘子火葬吉野時、柿本朝臣人麿作歌二首」（巻三・四二九、四三〇）
「柿本朝臣人麿歌四首」（巻四・四九六〜四九九）
「柿本朝臣人麿歌三首」（巻四・五〇一〜五〇三）
「柿本朝臣人麿妻歌一首」（巻四・五〇四）

この一覧から人麿のいわゆる評伝的なものを導くとすれば、巻一から巻四はそれぞれの巻ごとに一応歴史的に配列をしているから、これらは人麿の詠んだ順に並べられているとみなしていい。したがって、人麿が何歳かはわからないにしろ、われわれは人麿の歌をある程度時間的に並べ替えることができる。

人麿が活躍した時代

そこで、題詞から詠んだ時間がわかるものをあげてみる。

巻一・四〇の題詞の伊勢行幸は持統天皇六年（六九二年）三月。
巻二・一六七〜九の題詞日並皇子（草壁皇子）の死は持統天皇三年（六八九年）。

巻二・一九四、五の夫川島皇子の死の挽歌として泊瀬部皇女に奉ったとすれば、持統天皇五年（六九一年）。

巻二・一九六〜八の題詞明日香皇女の死は文武天皇四年（七〇〇年）。

巻二・一九九〜二〇一の題詞高市皇子の死は持統天皇一〇年（六九八年）。

と、わずか五組にすぎない。

この五組を手がかりに、『万葉集』の歌の配列が一応詠まれた時間順に並べられているという前提に立って、導ける範囲で、人麿の歌を時代順に整理してみる。

近江荒都歌
吉野行幸従駕歌
安騎野遊猟歌
日並皇子挽歌（持統天皇三年）
川島皇子挽歌（持統天皇五年）
伊勢行幸の時、都で詠んだ歌（持統天皇六年）
高市皇子挽歌（持統天皇一〇年）
明日香皇女挽歌（文武天皇四年）

というくらいで、たいしたことがわかるわけではない。

持統天皇三年（六八九年）が最も古く、文武天皇四年（七〇〇年）が最も新しい。巻一、二はすべて持統天皇の時代のものとされているから、人麿の活躍したのはほぼ持統天皇の時代といっていい。

持統天皇の時代は、壬申の乱（六七二年）を経て、古代国家が確立していく直前の時代である。持統天皇は皇位継承を安定させるため、天武系の皇統を確立しようとしたのも、そういう流れのなかのことである。天武天皇の時代に飛鳥浄御原令が編まれ、持統天皇の時代に戸籍である庚寅年籍（六八九年）も作られた。律令国家の制度が整えられつつあった。初めての都市といわれる藤原京も造営された（六九四年）。

藤原京跡

律令は中国からもたらされた。当時の東アジアで唯一の国家は中国の律令国家だったから、大和朝廷も古代国家を造る時、律令国家を目指したのである。

そういうなかでの人麿という捉え方が、史料としては『万葉集』に収められた題詞と歌しかない人麿の像を作る一つの方法となるだろう。

歌と題詞

先にあげた人麿の歌の題詞を、歌の内容まで含めて整理してみれば、次のようになろうか。これらから統一的にいえることが歌人としての人麿の像となる。

①行幸に従う讃歌。
②皇子と皇女の挽歌。
③旅の歌。
④吉備津采女、土形娘子、出雲娘子といった、たぶん宮廷に仕えていた女の挽歌。
⑤自分の妻が亡くなった時の歌。
⑥死に際しての歌。
⑦妻を恋する歌。

評伝的にいえることは、持統、文武朝の時代、皇室の周辺にいて、幸行に随行し讃歌を作っていることと、皇子や皇女の挽歌を作っていること、筑紫（現在の福岡県の西部と南部）へ旅をしていること、石見（現在の島根県西部）で亡くなったらしいことくらいである。

これらも疑えないこともないが、そうなると題詞のすべてが信じられなくなり、評伝どころではなくなる。そこで、評伝という立場からは一応題詞は事実を伝えているという前提で考えていくことにする以外ない。

2　柿本氏と人麿

柿本氏

柿本氏は『新撰姓氏禄』（平安初期）によれば、「柿本朝臣は大春日朝臣と同族にして、天足彦国押人命の後なり。敏達天皇の御代に、家の門に柿の樹あるに依りて、柿本氏となす」と、孝昭天皇の子天足彦国押人命を先祖とし、敏達天皇の時代に門に柿の木があるので柿本氏というようになったとある。

『古事記』には孝昭天皇の子天押帯日子命を祖とする氏族に春日氏とともに柿本氏もあげられている。『日本書紀』孝昭天皇条には天足彦国押人命は和邇氏の始祖としていて、柿本氏は出てこないが、岸俊夫によって、和邇氏、春日氏、小野氏などが同族であることが明らかにされ、柿本氏も同族としていいだろうということになる（『日本古代政治史研究』）。この和邇氏の本拠地は櫟本であり、顕昭『柿本朝臣人麻呂勘文』が人麿の墓があるとする場所（天理市櫟本町）と重なる（櫟本町には和邇氏を祀ったといわれる和邇下神社がある）。

和邇氏は后妃を多く出している氏族で、「内廷に密着」（橋本達雄『柿本人麻呂』）している氏族であった。そして、『古事記』には和邇氏が伝承したと思われる歌謡や物語が多いという（橋本、前掲書）。柿の本は垣の本である可能性もある。神武天皇にかかわる歌謡に、

みつみつし　久米の子らが　垣本に　植ゑしはじかみ　口ひびく　我は忘れじ　撃ちてし止まむ
（『古事記』神武天皇条）

とある。この歌の場合、なぜ「垣本に　植ゑし」と植えた場所をいうのかわからない。何の垣の本なのかもわからない。こういう言い方は、特定の表現様式か、「垣の本」ということに特別な意味があるかどちらかである。表現様式としていえば、

和爾下神社

つぎねふや　山代《やましろ》川を　川上り　我が上れば　川の辺に　生ひ立てる　烏草樹《さしぶ》の木　其《し》が下に　生ひ立てる　葉広　斎《ゆ》つ真椿　其が花の　照りいまし　其が葉の　広りいますは　大君ろかも
（古事記仁徳天皇条）

などある。この歌謡は椿の葉を比喩にして天皇を称えるものだが、その椿を出すのになぜ烏草樹の木の下とうたわねばならないのか、わからない。表現が幼稚で、川を遡って行って目に止まった烏草樹の下に椿があったというように、目にしたものから歌い出すことが可能になったからといったような説明がなされている。古代の人々

をばかにしている見方である。私は、住むべくよい地を求めて巡行した果てに見出したすばらしい地をうたう神謡の表現が様式化した「巡行叙事」と名づけた（古橋『古代和歌の発生』）。従来、国見歌と道行という表現として説明されてきたものを神謡（普通神話と呼ばれているものは、神話をもつ社会の言語表現として伝えられているものではなく、観念であり、実際には特別な表現としてうたわれたり、唱えられたりしてきている。その具体的表現を、神謡と考えた）が、その本来巡行叙事から派生したものと考えたのである。

この「巡行叙事」が行く過程で見たものを最高にすばらしいものとして表現する様式となっていったことが、「つぎねふ」の歌謡でわかる。その様式によって表現された鳥草樹は最高にすばらしい木の意となり、その木の下にある椿もすばらしいものとなる。それゆえ天皇を称える比喩になりうるのである。

したがって、この古代的な表現法によって、垣の本のはじかみ（山椒）も辛さが増すことになる。だから忘れられいと繋がるのである。

このような表現法と名はかかわるはずである。いうならば宮殿の垣の本に仕える氏ということではないか。宮殿の垣の本は、むしろ宮殿と外のとの境界であろう。垣本氏とは宮殿と外との境界にいる存在であり、間を繋ぐ役割を担っていたのである。

柿本氏の人々

柿本氏で古代の文献に名が残されている者は佐伯有清『新撰姓氏録の研究　考証編第二』の「柿本朝臣」の項によれば一八人いる。

柿本猨《さる》は、『日本書紀』天武天皇一〇年（六八一年）一二月に小錦下（従五位下程度）の位を授けられているのが初見で、『続日本紀』和銅元年（七〇八年）四月二〇日条に「従四位下柿本朝臣佐留卒」とあるだけで、詳しいことは何もわからない。柿本氏が朝臣になるのは、『日本書紀』天武一三年一一月一日条にみえる。

この猨の生きた時代は人麿と重なっている。橋本達雄は柿本氏の氏の長者が猨で、人麿は近親者であったとしている（橋本、前掲書）。

他に柿本氏の奈良時代の者だけあげておけば、

・柿本朝臣猪養（『正倉院文書』四、造東大寺司少判官、正六位上）
・柿本朝臣市守（『続日本紀』天平二〇・二、正六位上から従五位下へ。勝宝元・閏五、丹後守。宝字元・六、安芸守、同五・一〇、主計頭、同八・正、従五位上）
・柿本朝臣建石（『続日本紀』神亀四・正、正六位上から従五位下へ）
・柿本朝臣浜名（『続日本紀』天平九・九、正六位上より外従五位下へ。同十・四、備前守）
・柿本臣大足（『寧楽遺文』天平一四・一一、年二二で優婆塞として貢進された。添上郡）
・柿本臣佐賀志（大足の父）、柿本小玉（『東大寺要録』大鋳師。大仏鋳造に功があった。『続日本紀』勝宝元・一二、正六位から外従五位下へ。同二・一二、外従五位上へ）
・柿本船長（『正倉院文書』造東大寺司に奉仕）

・柿本刀自女（『正倉院文書』造東大寺司雇女）

がいる。これから導けるのは、正六位から従四位下まで、昇進した者が五人いることくらいである。

『歌経標式』の柿本若子

もう一人「柿本若子」とされる者が『歌経標式』（藤原浜成。宝亀三年〈七七二年〉）に四例見える。それぞれ歌の病や歌体の例歌として挙げている。

（A）得たるは、柿本若子の秋の歌に曰へる如し。秋風の一句日に日に吹けば二句水茎の三句。

（B）失《あやま》てるは、（中略）柿本若子の秋の歌に曰へる如し。秋風の一句日に日に吹けば二句水茎の三句。のは是本韻にして、亦是一句の尾字なるは是なり。

（C）得たるは、柿本若子の、長親王に賦する歌に曰へるが如し。ひさかたの一句天行く月を二句網にさし三句わが大君は四句衣笠にせり五句

（D）失てるは、柿本若子の長谷を詠める四韻の歌に曰へるが如し。天雲のかげさへ見ゆる一句こもりくの泊瀬の川の二句浦波か船の寄り来ぬ三句礒波か海人《あま》も釣りせぬ四句よしゑやし浦はなくとも五句よしゑやし礒はなくとも六句沖つ波清くこぎりこ七句海天の釣り船八句

「得たるは」は病でなかったり、歌体にかなっている例、「失てるは」は病であったり、歌体にかなわなかったりする例である。『万葉集』の歌人では山部赤人、高市黒人の歌も引かれている。それゆ

え当時最も重要な歌人と考えられていた柿本人麿の例歌がないのはおかしいから、この柿本若子は人麿ではないかと思う。

（A）の例は歌の病の一「頭尾（一句目と二句目の尾字が同音であるのはいけない）」に、赤人「霜枯れのしだり柳の」を失している例としてあげ、柿本若子の「秋風の日に日に吹《け》けば水茎の」が適っている例としてあげられているものである。赤人の例は『万葉集』には見られず、柿本若子の例は『万葉集』に三句まで同じ歌があるが、作者名を記していない。

歌病の二つめの「胸尾（一句目の尾字と二句の三、六等の字が同音であるのはいけない）」に載せられている黒人の例歌とするものも二句までを引くが、『万葉集』に共通する歌は作者未詳のものである。（B）で柿本若子の歌として引かれているのは、（A）と同じもので三句目の「の」と一句目の「の」が同音なので病とする。

（C）は『万葉集』巻三に人麿作として載せられている。

（D）は、『万葉集』巻十三にほぼ同じ長歌があるが、作者名はない。『万葉集』の人麿歌と一致するのは（C）だけだが、後に触れる『万葉集』に「柿本朝臣人麿歌集」として載せているものが多くあり、それらが作者未詳のものであることを考えると、むしろ一つでも一致することが柿本若子を人麿とみていいことを示している。

また、赤人、黒人も『万葉集』に同じ歌がないのだから、浜成の使った資料がわれわれが知っている『万葉集』ではなかったといえる。他にも、角沙弥の「美人の名誉歌」として引かれている、

妹が名は千代に流れむ姫島に小松が枝の苔生すまでに

は、『万葉集』の河辺宮人の「妹が名は千代に流れむ姫島の小松がうれに苔生すまでに」（巻二・二二八）とほぼ同じ歌とみていい。角沙弥は『歌経標式』の他でも引かれているが、『万葉集』に見られない。さらに大伴志売夜若子、久米広足、道合師、殖栗豊島というように、他の資料に見られない人の歌が引かれている。また、神武天皇、景行天皇の妃八坂入姫のように、『古事記』や『日本書紀』に名の見える人の歌も引かれている。

これらが意味しているのは、八世紀の後半に、歌について『万葉集』とは異なる文献があったということである。文献という言い方をしたのは、『歌経標式』が文献によって例歌を挙げていると考えたからである。その文献が『万葉集』が依拠した文献と異なるわけだ。その歌を記した文献が異なるということは、文献以前の伝承が異なることを意味している。われわれは『万葉集』を中心にみているが、それは『万葉集』が残されているからで、それらの伝承と『万葉集』の歌のどちらがいわゆる歴史の事実を伝えているか分からない。

記紀にみられない伝承

さらに、『歌経標式』の引く神武天皇の歌は『日本書紀』に載せられたものと同じだが、垂仁天皇の皇子八坂入彦《やさかいりひこ》の娘八坂入姫と垂仁天皇との贈答が復元できる。このやり取りは他にはみえない。

垂仁天皇
みまして　岡に陰なし　この梨を　植ゑて　生《お》ほして　陰によけむも
八坂入姫
この梨を　植ゑて生ほさば　かしこけむ（以下不明）

八坂入姫については、『日本書紀』景行天皇四年条に、美濃の国（現在の岐阜県）に行幸した時、八坂入彦皇子の娘弟姫を召そうとしたが、弟姫は隠れてしまった。天皇は計略して、ククリの宮の池に鯉を放って遊楽したところ弟姫が見に来たので捕まえた。姫は「交接の道を欲せず（セックスが嫌い）」と、姉の八坂入姫をすすめた。八坂入姫は妃となり、成務天皇以下七男六女を産んだという話が載せられている。

このククリの宮は『万葉集』巻十三に、

ももきね　美濃の国の　高北の　八十一隣《くくり》の宮に　日向《ひむかひ》に　い行き靡かふ　大宮を　ありと聞きて　わが通ひ道の　奥十山《おきそやま》　美濃の山　靡けと　人は踏めども　かく寄れと　人は衝《つ》けども　心無き山の　奥十山　美濃の山（三二四二）

という長歌が載せられている。この歌自体は、美濃の国のククリの宮に行こうとしたが多くの山に阻まれていてたいへんだ、山々よ靡いてくれという内容である。

この歌の歌い手を弟姫と考えると、景行天皇条の話と通じてくる。「ククリの宮」という名自体、伝説的だが、八坂入彦の娘姉妹についての伝承があったのだろう。垂仁天皇は景行天皇の父に当たるから、『歌経標式』の垂仁天皇と八坂入姫との贈答は二世代間のものになる。すると、孫娘が老人をいたわるものになるが、どうだろうか。こういうやり取りは男女間のものであるのが普通である。これ以上わからないのが残念だが、とにかく『古事記』や『日本書紀』が伝えていない伝承があったことは確かである。

『歌経標式』はそういう伝承に依拠している。しかし、伝承から直接例歌を挙げることは考えられない。なぜなら例歌を引くのには歌を中心に集めたものがあれば、それが便利だからである。やはり歌を書いた文献があったとするべきだろう。『万葉集』のククリの宮の歌もそういう文献からとったと考えられる。

『万葉集』の若子

「若子」は『万葉集』に、「久米の若子」(巻三・三〇七、四三五)、「山背の久世の若子」(巻十一・二三六二)、「殿の若子」(巻十四・三四五九)と三首の歌に見られる。

久米の若子は、

博通法師の紀伊国に往きて、三穂の石室《いはや》を見て作れる歌三首
はだ薄久米の若子が座《いま》しける三穂の石室は見れど飽かぬかも　(巻三・三〇七)

常盤《ときは》なる石室は今もありけれど住みける人そ常なかりける　（巻三・三〇八）
石室戸《いはやと》に立てる松の木汝《な》を見れば昔の人を相見るごとし　（巻三・三〇九）

　和銅四年辛亥、河辺宮人の姫島の松原に美人の屍を見て、哀慟《かなし》びて作れる歌四首

風早《かぜはや》の美保の浦廻《うらみ》の白つつじ見れどさぶしも亡き人思へば　（巻三・四三四）
みつみつし久米の若子がい触れけむ礒の草根の枯れまく惜しも　（巻三・四三五）
人言《ひとごと》の繁茂《しげき》きこのころ玉ならば手に巻き持ちて恋ひずあらましを　（巻三・四三六）
妹もわれも清《きよみ》の河の河岸の妹が悔ゆべき心は持たじ　（巻三・四三七）

と、最初の三首からは、紀伊の国（現在の和歌山県、三重県南部）の三穂の石室にかかわる久米の若子についての、次の四首からは、姫島の美保の石室にかかわる久米の若子についての伝承があったことが知られる。紀伊の伝承は、一首目に、石室に「座しける」、二首目に「住みける人」とあるから、若子はここで亡くなったと伝えられていることになる。そういう石室で亡くなったという伝承があるということは、この死は悲劇的なものとみて間違いない。

　三首目の松の木に亡くなった人を思うというのは、有間皇子の磐代の松にかかわる一連の挽歌を思い浮かべれば、旅の途中で亡くなることを思わせる。

　しかし、二組目では題詞に「美人の屍」とある。すると、「妹」も亡くなったとみなければならな

い。四首目の「妹もわれも」「悔ゆべき心は持たじ」とあるのは、二人とも亡くなったということだろう。たぶん二人とも入水自殺したという伝承があった。

姫島の伝承は、久米の若子の恋の物語である。「常なかりける」は亡くなったことをうたうから、悲劇的な話であることが思われる。

この二つの伝承の主人公はともに久米の若子であるが、伝承の内容はたぶん異なっている。また、この姫島の組の歌の題詞は、先に引いた「妹が名」の歌の題詞とほぼ同じであり、さらに『歌経標式』で作者を角沙弥として引いている。姫島の歌の場合、題詞に「美人の屍を見て」とありながら、歌はむしろ久米の若子を主人公とする伝承であり、先のほぼ同じ題詞といい、『万葉集』は混乱している。これは、伝承されている資料が異なっているからに違いない。今は若子を考えているので、この問題には触れない。

この二組の久米の若子は紀伊と、姫島が摂津（現在の大阪府北中部、兵庫県南東部）だとすれば、別の場所で死んだことになるから、別人ということになる。しかし、このように、さまざまな資料によって『万葉集』が編まれており、しかも矛盾がある場合、久米の若子のような伝承の者を同一人物か違うかなどいうことに意味はない。久米の若子と呼ばれる若くして死んだ男の物語が、少なくとも紀伊と摂津にあったということを示しているにすぎない。もし、摂津の歌の題詞が正しいとすれば、行き倒れの若い女の死体を久米の若子物語の恋の相手の女としてみなすことで鎮魂しようとしたといえるかもしれない。姫島の礒に横たわっている死者は身元不明のはずである。死者は家族の元に引き取られることで鎮魂される。そうでない死者に対して、『万葉集』のいわゆる行路死人歌は、家族とともにいたであろうさまをうたうことで鎮魂している（古橋、前掲書）。この歌は家族ではないが、恋人を久米の若子とすることで、いわば身元不明の状態から救い、人々に語り継がれる存在になることで鎮魂されたのである。

そう考えると、同じ題詞が二カ所にあり、歌が違っていてもかまわないことになる。一つは、死者は姫島という名の元になったと伝えられる、つまり姫島という地名の起源になったかのようにうたうことで、もう一つは、久米の若子の恋人と伝えられることで、鎮魂された。そう考えていくと、姫とは久米の若子の恋物語の女主人公のことかもしれないと思いたくなる。

河辺宮人が久米の若子の物語を伝えたということなのだろうか。河辺宮人は人名ではなく、飛鳥の河辺の宮の官人という（中西進『万葉集』脚注）。歌を語り伝える人かもしれない。といって、土地とかかわりない伝承を詠むだろうか。都の旅人が地方を旅していて、その土地の名に新しい枕詞をつける場合が多く見られる。都人が旅に出たとき、都文化で地方を覆っていくことがあったと思う。

久世の若子は、

山城の久世の若子が欲しといふわれ　あふさわにわれを欲しといふ山城の久世の若子（巻十一・二三六二）

という旋頭歌で、若子が女の恋する若者という像をもたらす。若子のもう一首は、東歌の、

稲つけば皹《かか》る吾が手を今夜もか殿の若子が取りて嘆かむ（巻十四・三四五九）

で、働いている女が豪族の若さまに恋されていることをうたう。このように、若子は恋する若者といった内容の語で、恋物語の男主人公の雰囲気があり、ともに民謡風である。

名の意味

柿本若子も人麿である可能性は高いと思うが、恋物語の主人公のような名である。人麿は大伴家持が「歌聖」としたように、すでに有名人だったはずだ。その人麿を若子と呼ぶとすれば、どういうことが考えられるだろうか。柿本氏の住む地域の人々が呼ぶ場合、同輩がからかっていう場合、そして渾名であろう。しかしこのように若子の用例をみていうと、人麿が伝説化されており、その伝説の主人公としてそう呼んだということがいえそうだ。

『歌経標式』が「柿本若子」と書いているのは、そういう言い方で記された資料があるからである。では、それはどういう場合だろうか。普通「柿本の若さま作」「柿本のお坊ちゃん作」などとは書かない。この言い方が成り立つのは、加山雄三の「若大将」など、つまり物語の主人公である場合である。人麿が作った歌の主人公が若子である例はない。しかし、先に引いた旋頭歌の「久世の若子」は「柿本朝臣人麿歌集」の歌である。「柿本朝臣人麿歌集」については後に述べるが、おそらくほとんどが人麿以外の歌で、人麿が集めた歌、あるいは人麿の名によって集められたものと考えられるから、

人麿と若子が結びつけられる可能性はないわけではない。その場合、人麿は若子の恋物語を語っていなければならないだろう。

もう一つ、人麿が個人をさすのではない場合が考えられる。柿本若子を名告る歌うたいが諸国を廻っていた可能性がある。かれらが「柿本朝臣人麿歌集」を編んでいったのかもしれない。人麿はその中心にいたか、かつて実在した人麿の名を掲げて、その子孫として柿本若子を名告っていたかもしれない。

人麿という名も、人は普通名詞で、麿（麻呂）も男をさすと考えれば、若子と同じような言い方と考えられるだろう。

柿本若子についてはさまざまな可能性を述べたが、以上が柿本氏についての全資料である。なお、人麿のマロは一郎、二郎の「郎」のように名の下につけ男であることを示す言い方である。また『万葉集』の歌人に、高市黒人、山辺赤人という名があり、「人」もそういう働きを思わせる。つまり人麿という名はきわめて普通名詞的なものである。

桜井満は、「おそらく人でありながら祭りの時に神の代理人になる『神人』を指すのであり、また神事に仕えて楽を奏し、歌を歌い、舞を舞う『伶人』の称となったのではなかろうか」といっている（『柿本人麻呂論』）。そこまでいえるか分からないが、とにかく名に意味がありそうなので、ふれておく。

第二章　儀式歌の歌人

人麿の歌は題詞から王権にかかわるものと、そうでないものとに大きく別れるが、本章では王権にかかわる歌をみていくことにする。

1　近江荒都歌

人麿の登場

『万葉集』の巻一、二は時間順に天皇の代によって歌が並べられている。その巻一の持統天皇の時代の二首目が人麿の最初の歌になる。

近江の荒れたる都を過ぎし時に、柿本朝臣人麿の作れる歌

玉襷《たまだすき》　畝傍の山の　橿原の　日知《ひしり》の御代ゆ　生《あ》れましし　神のことごと　樛《つが》の木の　いやつぎつ

ぎに　天の下　知らしめししを　天《そら》に満つ　大和を置きて　青丹よし　奈良山を越え　いかさまに　思ほしめせか　天離《あまざ》る　鄙にはあれど　石走《いはばし》る　淡海《あふみ》の国の　楽浪《さざなみ》の　大津の宮に　天の下　知らしめしけむ　天皇《すめろき》の　神の尊《みこと》の　大宮は　ここと聞けども　大殿は　ここと言へども　春草の　繁く生ひたる　霞立ち　春日の霧れる　ももしきの　大宮処《どこ》　見れば悲しも

（巻一・二九）

反歌

ささなみの志賀の辛崎幸《からさきさき》くあれど大宮人の船待ちかねつ　（巻一・三〇）

ささなみの志賀の大わだ淀むとも昔の人にまたも逢はめやも　（巻一・三一）

〔（玉襷）畝傍の山の橿原の天皇の時代から、お生まれなさった神がみな、（樛の木の）次々にこの世界をお治めなさってきたのに、（天に満つ）大和を後にして、（青丹よし）奈良山を越えて、どのようにお思いなさったのか、（天離る）鄙ではあるが、（石走る）淡海の国の（楽浪の）大津の宮で、この世界をお治めなさったのだろう、天皇の尊の大宮はここだと聞くけれど、大殿はここだというけれど、春の草が繁茂して、霞が立ち、春の日が霞んでいる、（ももしきの）大宮のあたりを見ると悲しいことだ〕

反歌

（ささなみの）志賀の辛崎は昔に変わらないが、大宮人の乗る船はいくら待っても帰ってこない。

（ささなみの）志賀の大わだは昔のままに淀んでいるが、昔の人にまた会うことはあるだろうか〕

最初の歌は持統天皇の、

春過ぎて夏来るらし白栲《しろたへ》の衣乾したり天の香具山　（巻一・二八）

である。この歌は、季節の変化を詠んだものにしろ、斉明天皇の時代に後の天智天皇である中大兄皇子、女である香具山と耳成《みみなし》山が男である畝傍山を争った神話を詠んだ「三山歌」（巻一一三〜五）があり、天の香具山が神話的な山であることは確かだから、この山を讃め称えるものと考えられる。藤原京造営は〈巻一・五〇〉に「藤原京の役民の作れる歌」、〈五一〉に「明日香京より藤原京に遷居《うつ》りし後に、志貴皇子の作りませる歌」、〈五二〉に「藤原京の御井の歌」とあるから、作歌の時期順に配列されているとすると、藤原京遷都以前の歌になる。天の香具山は藤原京の境界にある山だから、いずれ藤原京に遷都することになることを語っている歌とみるべきであり、いうならば山から国を見下ろして讃える国見歌の逆になるのだが、やはり山讃めの歌だろう。あるいは、藤原京を象徴する天の香具山を持統天皇自身が讃えた歌として最初に置かれている可能性もあるかもしれない。どちらにしろ、藤原京を思わせる、藤原京にとって象徴的な歌といえる。

香具山

次に置かれた人麿の歌は、天智天皇が都した大津の宮の鎮魂歌である。大津の宮を滅ぼすことになった天武天皇の時代にはこの種の歌はない。この人麿の歌のすぐ後には「高市古人の近江の旧都を感傷して作れる」（巻一―三二、三）もある。これは、持統天皇の時代に大津の宮の鎮魂が要求されたことを意味している。では、なぜこの時代に大津の宮の鎮魂が必要になったのだろうか。天武系の皇統の確立を目指す方向と関係するに違いない。天智天皇、大友皇子（弘文天皇）と続く大津の宮の鎮魂をすることによって、天武天皇系の皇統が安定をもたらされることになるのである。ただ、だったら天智天皇、大友皇子の鎮魂のほうがいいと思わないではない。大津は大陸から敦賀そして琵琶湖の水上交通あるいは西岸を通って大和に入る交通の要所だから、地霊の鎮魂が必要であったことは確かだ。大津に都が置かれたのも、その大陸との交通の要所だったことと関係しているに違いない。したがって、地霊の鎮魂を通じて、天智天皇、大友皇子という天智系の鎮魂もなされるのではないか。人麿はそういう時代の要求に応える儀式的な歌を作る歌人として登場したのである。

古代国家確立を担う

その表現の方法をみてみれば、天皇を神として位置づけ、その神である天皇が初代神武天皇以来、大和に都を置いて代々続いてきたことを語る。これは天皇の系譜である。そして、天智天皇がなぜか（「いかさまに　思ほしめせか」）鄙である近江の大津に都を遷したとうたい、しかしそこは今自然に帰っており、悲しいとうたい収める。「いかさまに　思ほしめせか」は挽歌の定型である。谷川健一が、沖縄の宮古島の死に直面した時の親族の嘆きが、理不尽に去っていく死者への非難としてこのような表出をとることを指摘しているが（『南島文学発生論』)、古くから挽歌の定型としてあった可能性がある。とすれば、挽歌の表現法を使い、都の鎮魂歌にしたわけだ。しかし、それだけでなく、天智天皇を「神の尊」と呼んでおり、天智天皇への鎮魂もあるといったほうがいいように思う。

それに関連して、代々の天皇を「神のことごと」としており、天皇を神と位置づけている。この天皇の位置づけは後に述べる「吉野行幸従駕歌」、皇子の挽歌にもみられる。『古事記』が語ろうとした天皇の系譜、歴史と通じていると考えていい。この時代、天皇を中心にした古代国家の像が明確になっており、人麿はその先端で儀礼歌を作っていたのである。

このように、人麿は系譜によって天皇を位置づける方法をとった。このような位置づけは、天武天皇の皇統によって天皇の位置を確立しようという古代国家確立の方向と一致する。やはり時代の意志に従ったものだったのである。

枕詞の役割

人麿の作り出した儀礼的な長歌としてもう一つふれておきたいことがある。「玉襷」「樛の木の」「天に満つ」「青丹よし」「石走る」「ささなみの」と枕詞が多用されていることである。特に地名には必ずといっていいほど枕詞を冠しており、地名を重く価値あるものにしている。この長歌の場合、都が置かれた場所すべてに枕詞が冠されているわけで、たんなる地名でなく、それぞれの地霊を喚び起こす働きをしているといっていいほどだと思える。そして、この枕詞によってリズム感を与え、儀礼歌として荘重な歌にしている。古代国家は文化によっても飾り立てられねばならなかった。人麿は充分時代の要求に応えている。

枕詞は歌謡に古くからみられる、日本語の詩を作る方法である。日本語の詩は、五、七音を中心とする音数律、五・七を意味のまとまりとすれば、次の五・七で同じ内容を言い換える繰り返し、比喩、そして枕詞などによって成り立っていた（古橋『日本文学の流れ』）。人麿はその方法をより様式化して歌を作った。それゆえ、人麿の長歌は古典的なものといっていいほどだ。それは、神話に依拠するのと通じる、伝統の意識だったという言い方ができると思う。ではどのような意識だったのかは、次の「吉野行幸従駕歌」で明らかになる。

2　行幸従駕歌

『万葉集』の行幸従駕歌は、舒明天皇の時代の「讃岐国安益郡に幸しし時に、軍王《いくさのおほきみ》の山を見て作れる歌」（巻一・五、六）が最初である。

軍王の行幸従駕歌

霞立つ　長き春日の　暮れにける　わづきも知らず　群肝《むらきも》の　心を痛み　鵼子鳥《ぬえこどり》　うらなけ居《を》れば　玉襷　かけのよろしく　遠つ神　わご大君の　行幸《いでまし》の　山越す風の　独り居る　わが衣手に　朝夕《よひ》に　返らひぬれば　大夫《ますらを》と　思へる我も　草枕　旅にしあれば　思ひ遣る　たづきも知らに　網の浦の　海処女《あまをとめ》らが　焼く塩の　思ひそ焼くる　我が下心

反歌

山越しの風を時じみ寝《ぬ》る夜おちず家なる妹をかけて偲びつ

というものだが、左注があり、「日本書紀を検《かんが》ふるに、讃岐国に幸《いでま》すこと無し。また軍王も未だ詳らかならず」とし、「山上憶良類聚歌林」の伊予行幸の記事を引いた後に、「一書に云はく」として、

　是の時に宮の前に二つの樹木あり。この二つの樹に斑鳩《いかるが》、比米《ひめ》二つの鳥さはに集まれり。時に勅《みことのり》して多くの稲穂を掛けてこれを養ひたまふ。すなはち作れる歌、といへり。

という伝承を載せている。この伝承は、天皇の行幸を言祝《ことほ》いで鳥が集まり、また天皇は慈しみをもって応えたことを語るものだろう。

　舒明天皇の在位は六二九年から六四一年で、次に載せられているのは皇極天皇、孝徳天皇の二代おいて、六五五年から六六一年在位の斉明天皇の時代の歌だから、時間も空いているので、はたして舒明天皇の期のものか疑問もあるが、取りあえず題詞を信じることにしておく。

　この長歌は、天皇の行幸よりも、旅における想いをうたう方向に表出が向かっている。その意味で、『万葉集』に多く見られる旅の歌と変わりない。巻頭の雄略歌から舒明天皇の国見歌、間人老《はしひとのおゆ》の遊猟歌と続く王権定着の方向を語っているような流れのなかで、軍王の歌は個人の個別的な心の表出になっており、異質である。強いていえば、そういうなかで、軍王の置いてきた妻を思う歌が成り立つと

考えられる。つまり、王権の定着によるこの世の安定を語ると読むこともできるわけだ。しかしあくまでも強いてとしかいえない。軍王も誰だか分からないし、この歌を語る伝承があることを思わせる。
軍王の歌の次は、斉明天皇時代に入り、額田王の、行幸の途中の宇治に泊まった天皇への想いを詠む「秋の野のみ刈り葺《ふ》き宿れりし宇治の京《みやこ》の仮蘆《かりほ》し思ほゆ」になる。歌が個別的なものになっていくのである。この方向が、後の『万葉集』の歌になっていく。

吉野行幸従駕歌

人麿の「吉野行幸従駕歌」は、そういう流れのなかで、やはり異質なものである。
「吉野行幸従駕歌」は二組になっている。

(A) やすみしし　わご大君の　聞《きこ》し食《め》す　天の下に　国はしも　多《さは》にあれども　山川の　清き河内と　御心を　吉野の国の　花散らふ　秋津の野辺に　宮柱　太敷《えとし》きませば　百礒城《ももしき》の　大宮人は　船並《な》めて　朝川渡り　舟競《ふなきは》ひ　夕河渡る　この川の　絶ゆることなく　この山の　いや高知らす　水激《たぎ》つ　滝の都は　見れど飽かぬかも　(巻一・三六)

反歌

見れど飽かぬ吉野の河の常滑《とこなめ》の絶ゆることなくまた還《かへ》り見む　(巻一・三七)

(〔やすみしし〕わが大君がお治めなさる天の下には、国はたくさんあるが、山や川の清らかな河内と御心をお寄せなさる吉野の国の、花が散る秋津の野辺に、宮殿の柱を太く君臨なさると、(百礒城の)大宮人は船を連ねて一日中船遊びをする。この川が絶えることなく、この山がますま

す高くあり続けるように、お治めなさる、水が激しく勢いよく流れる滝の都はいつまでも見飽きないことよ

反歌

いつまで見ていても飽きない吉野の川の滑らかな吉野の宮をいつまでも繰り返し見よう〕

（B）やすみしし　わご大君の　神ながら　神さびせすと　吉野川　激《たぎ》つ河内に　高殿を高知りまして　登り立ち　国見をせせば　畳《たたな》はる　青垣山　山神《やまつみ》の　奉《まつ》る御調《みつき》と　春べは　花かざし持ち
秋立てば　黄葉《もみち》かざせり　逝《ゆ》き副《そ》ふ　川の神も　大御食《おほみけ》に　仕へ奉ると　上つ瀬に　鵜川を立ち
下つ瀬に　小網《さで》さし渡す　山川も　依りて仕ふる　神の御代かも　（巻一・三八）

反歌

山川も依りて仕ふる神ながらたぎつ河内に船出せすかも　（巻一・三九）

吉野川（紀の川）

〔（やすみしし）わが大君が神のままのお姿でいらっしゃると、吉野川の勢いある河内に高く宮殿をお治めなさって、国見をなさると、幾重にも重なる山々は、山の神がご奉仕する貢ぎ物として、春には花を、秋には黄葉をかざし、川の神も貢ぎ物として上の瀬には鵜飼をし、下の瀬では網を渡す。山も川もこぞってお仕えする神の御代よ。

反歌
山も川もこぞってお仕えする、神のままのお姿で勢いある河内に船出なさることよ」

一首目の長歌は天皇が訪れ、宮廷人が遊ぶ吉野の宮を讃えるものだが、「宮柱　太敷きませば」とあり、あたかも宮殿を建てたようにうたっている。その前に「天の下に　国は多にあれども」とあり、多くの国からこの吉野を選んで宮殿を建てたというのである。離宮があったかどうかは問題ではない。表現のレベルでは宮殿を造った始源として詠まれているわけだ。

二首目は、天皇がその吉野の宮に登って「国見」をすると詠む。国見は本来、始祖の神が住むべき土地を求めて巡行した果てに見出したすばらしい地に国立てする巡行叙事の神謡を起源とする（古橋『古代和歌の発生』）。そこからみれば、一首目の宮造りをしたことと対応して、その宮から国見しているることになり、国立ての神謡がふまえられ、宮を造るすばらしい地を求め、そこに宮を建て、国見したという流れになるわけだ。二首目が山や川の神々も仕える天皇と、天皇讃歌になっているから、この二首全体で天皇を讃美する歌なのだが、その讃め方が神話的な思考によっているといえる。

しかも、国見することで見出された景は、山の神が奉るものとして花や黄葉、川の神が奉る魚があげられており、本来の国見に応じて土地の側が見せる景とは異なり、神が奉仕することをうたっている。天皇の地上の神々に対する優位が示されるわけだ。さらに、春は花、秋は黄葉ということは、うたっている時に見る景ではなく、一年という時間のいつでも、山の神が奉仕するということを意味している。したがって、天皇はこの宇宙の中心に位置し、空間的にも時間的にもこの世界を統治していることになる。

天皇讃美

人麿が「吉野行幸従駕歌」において天皇讃歌を作った方法は、国見の神謡に依拠して、村の巡行叙事の神謡が巡行した果てに国見をし、住むのに良い地を見出し、そこに村(国)を造るのではなく、「国はしも　多にあれども」になっていることと関係して、宮を造りそこから国見をするのである。つまり、国立ては前提になっており、すでに統治している国を国見する。

この国見は、『万葉集』巻一・二の舒明天皇の国見歌に見られる。

大和には　群山《むらやま》あれど　とりよろふ　天の香具山　登り立ち　国見をすれば　国原は　煙立つ立つ　海原は　鷗立つ立つ　うまし国そ　蜻蛉島《あきづしま》　大和の国は

〔大和には多くの山があるけれど、とりわけりっぱに装っている天香具山よ。そこに登って国見をすると、国土には炊事の煙が盛んに立ちのぼっている。海上には鷗がしきりに飛んでいる。すばらしい国だ、蜻蛉島の大和の国は〕

国見によって見下ろされた国の繁栄しているさまをうたう歌である。この舒明天皇の国見は歌い出しが、多くをあげて抜きんでる一つを選び出す型で、人麿の「吉野行幸従駕歌」の一首目と同じである。この型が巡行叙事の様式から離れて、国見歌の様式を作ったわけだ。「吉野行幸従駕歌」は巡行と国見を分離させ、一首目で、選ばれた地に宮を造り、二首目でその宮から国見する。そして人麿によって詠まれたのは、国の繁栄ではない。山の神が花と黄葉を、山の神が魚を奉ることによって奉仕するさまである。つまり、天皇を地上の神々の上に位置する神として称える歌になっている。

したがって、「吉野行幸従駕歌」の二首は、天皇が宮を造ることによってもたらされた吉野の宮の繁栄をうたっている。そして、それは、人麿の歌が天皇を称えることに向かっているといえるだろう。

このように、人麿は「吉野行幸従駕歌」において神謡以来の様式に則ることによって、天皇を称える儀礼的な歌を作った。この神謡の様式に則る方法は、天皇を神話的に位置づけることで、天皇の絶対性を語るものになっている。もちろん、古代国家の確立期に、そういう天皇が必要だったからに違いない。

この吉野行幸は持統天皇が行ったものである。持統天皇は天武天皇の皇后で、天武系統の皇統を確立しようとしていた。皇位継承が不安定では国家も安定しない。古代国家の確立には皇位継承の制度化が必要だった。それにともない、天皇の位置の安定も要求される。このような大和朝廷の意志が天皇讃歌を必要としたと考えられる。

そして、人麿は「吉野行幸従駕歌」において、地上の神々も天皇に奉仕するという、天皇のこの地上における絶対的な優位を表現してみせたのである。その方法は、山の神が春は花を、秋は黄葉を二エとして奉るとうたい、川の神が魚を捕らせるとうたうことである。この歌い方は自然の運行も天皇に仕えるものだという発想といえるだろう。天皇が宇宙の中心にいる最高の神に位置づけられている。しかし、これらは吉野の離宮でのことで、持統天皇が都とした藤原京をうたっているわけではない。なぜ吉野の離宮なのだろうか。

吉野は二重に神話的な位置を与えられている。一つは、『古事記』『日本書紀』によれば、神武天皇が大和に朝廷を開くのに、吉野を通って大和に入る。これによって、吉野国栖は朝貢することになっている。海幸、山幸の神話で、海人族が服属し、隼人舞などを奏することと対応して、天皇が異族を服属させている状態が語られているわけだ。それも、大和朝廷が大和に政権を開く以前として語られているから、これも神話である。つまり、吉野は神話的な場所になる。「吉野行幸従駕歌」の二首目で、神々の奉仕を歌うのも、まさにその神話的世界としての吉野を表現しているわけだ。

もう一つは、天武天皇が近江朝を破って政権を握るに際し、吉野から出発していることである。天武天皇の皇統にとって吉野はまさに神話的な地だった。

さらにいえば、『懐風藻』には吉野を神仙境とする漢詩が多く詠まれている。それらに基づいて、持統天皇の王権を讃えているといえるだろう。一応そう解釈して誤りない。

時代は、天智天皇が皇子の時代の大化の改新（大化元年〈六四五年〉）、近江京遷都（天智天皇六年〈六六七年〉）を経て、天智天皇の死後の政権争いである壬申の乱（天武天皇元年〈六七二年〉）、天武天皇の即位、そして飛鳥浄御原令（天武天皇一〇年〈六八一年〉）、初めての都市とされる藤原京遷都（延暦一三年〈七九四年〉）という、いわば古代律令国家が成立してくる時期である。この王権を確かなものにするには皇位継承がスムースに行われる制度が必要である。それが「日嗣《ひつぎ》」である。人麿は天皇の地位を神として絶対化し、系譜をうたうことで讃歌としたのである。

それは新しい社会が生まれてくる活力のある、いわば明るい時代だった。天皇讃歌はまさにそのような時代状況のあらわれだった。したがって、人麿はそういう時代の要求を表現したという言い方ができるだろう。時代の自信が感じられる。

中心にいない人麿

それにしても、人麿の王権を讃美する歌は行幸の歌であって、直接都や宮廷の行事にかかわるものはない。人麿はなぜ直接中心をうたわないのだろうか。後に述べるが、人麿の挽歌は天皇のものが一つもない。これも中心をうたわないということと関係しているに違いない。人麿の歌は中心にかかわらないところで成立したということである。柿本が垣の本の意という説があったが、皇居の垣の本という名に相応しい。

いうならば人麿は中心にいるのではなく、王権の周辺にいるにすぎない（森朝男『古代和歌の成立』）。そういう人麿が天皇讃美をうたうことに意味があったのである。それは天皇が神であるとうたうことと対応している。支配される人々こそが天皇を称えるべきなのだ。したがって、周辺にいる者こそが天皇のすばらしさをうたい、統治する者の隔絶したさまを人々に示す役割を担ったのである。『大鏡』の語り手が「都ほとり（都の側＝郊外）」に住んでいたというのと通じている。

しかし、人麿はまったく外に立っているわけではない。「わご大君」と詠んでいる。「わ」は人麿が天皇によって反映している内部の言い方である。この内部は天皇の統治する日本全体という普遍性のなかである。詠み手がさらに外側に立つことで詠む位置が確立するには近代を待たねばならない。

安騎野遊猟歌　人麿は軽皇子（後の文武天皇）が安騎野《あきの》（現在の奈良県宇陀市）に遊猟した際の歌（巻一・四五～四九）も残している。この歌も都で作ったものではない。

軽い皇子の安騎の野に宿りましし時に、柿本朝臣人麿の作れる歌

やすみしし　わご大君の　高照らす　日の御子　神ながら　神さびせすと　太敷かす　京《みやこ》を置きて　隠国《こもりく》の　泊瀬の山は　真木立つ　荒山道を　石《いは》が根　禁樹《さへき》おしなべ　坂鳥の　朝越えまして　玉かぎる　夕さりくれば　み雪降る　阿騎の大野に　旗薄《はたすすき》　小竹《しの》をおしなべ　草枕　旅宿りせす　古《いにしへ》　思ひて

短歌

阿騎の野に宿る旅人打ち靡き眠《い》も寝らめやも古思ふに
ま草刈る荒野にはあれど黄葉《もみちば》の過ぎにし君が形見とぞ来し
東《ひむがし》の野に炎《かぎろひ》の立つ見えてかへり見すれば月西渡る
日並皇子《ひなみしのみこ》の命の馬並めて御猟立たしし時は来向かふ

〔この世を安らかにお治めなさるわが大君、高くお照らしになる日の御子は、神そのものと神々しくいらっしゃって、りっぱにいらっしゃる都を後に、（隠国の）泊瀬の山のすばらしい木が立つ荒々しい山道を、遮る岩も木も押し分けて、（坂鳥の）朝越えなさって、（玉かぎる）夕が来たので、

雪の降る安騎の大野に、穂薄や篠を押し伏せて、（草枕）旅の宿りをなさる、古を思って。

短歌

安騎の野に宿る旅人は一晩中眠ることなどできようか、古を思って。

（ま草刈る）荒野ではあるが、（黄葉の）過ぎていってしまったあの人の形見として来た。

阿騎野・人麻呂公園

東の野に陽炎が立って、振り返ると西に月が沈んでいく。

日並の御子が馬を並べて、猟にお発ちになる時は今にも来る」

この軽皇子は天武天皇の後を継ぐべき草壁皇子の子で、「古思へば」は亡くなった草壁皇子のことを偲ぶ遊猟という（森朝男、前掲書）。

「神ながら　神さびせす」というように言い方は、先に述べたように人麿が歌い出した天皇を称える表現である。この長歌もどうして行くか、何をするかではなく、朝都を出て、夕に安騎野につき宿るまでが中心にうたわれており、叙事的である。

内容は短歌に表現されている。草壁皇子の「形見」として安騎野に来たのであり、草壁を偲ぶ意図が示されている。そして朝にこれから猟に出ることが大きな目的とされている。

この一連も都という中心から出ていることで、人麿は歌の対象にしえたものである。

3　挽歌

やはり持統天皇の時代、人麿は日並皇子、明日香皇女、高市皇子それぞれの殯宮の時の三組の皇族の挽歌を残している。まず「日並皇子挽歌」を取り上げてみる。

日並皇子挽歌

天地《あめつち》の　初めの時　ひさかたの　天の河原に　八百万《やほよろづ》　千万《ちよろづ》神の　神集《つど》ひ　集ひ座《いま》して　神分《わか》ち分ちし時に　天照らす　日女《ひるめ》の尊《みこと》　天をば　知らしめすと　葦原の　瑞穂の国を　天地の　寄り合ひの極《きはみ》　知らしめす　神の命《みこと》と　天雲の　八重かき別けて　神下《かみくだ》し　座せまつりし　高照らす　日の皇子《みこ》は　飛鳥《とぶとり》の　浄《きよみ》の宮に　神ながら　太敷きまして　天皇《すめろき》の　敷きます国と　天の原　石門《いはと》を開き　神あがり　あがり座しぬ　わご王《おほきみ》　皇子《みこ》の命の　天の下　知らしめしせば　春花の　貴《たふし》からむと　望月の　満《たたは》しけむと　天の下　四方《よも》の人の　大船の　思ひ憑《たの》みて　天つ水仰ぎて待つに　いかさまに　思ほしめせか　由縁《つれ》もなき　真弓の岡に　宮柱　太敷き座し　御殿《みあらか》を　高知りまして　朝ごとに　御言《みこと》問はさぬ　日月の　数多《まね》くなりぬる　そこゆゑに　皇子《みこ》の宮人行方知らずも　（巻二・一六七）

反歌

ひさかたの天見るごとく仰ぎ見し皇子の御門《みかど》の荒れまく惜しも　（巻二・一六八）
あかねさす日は照らせれどぬばたまの夜渡る月の隠《かく》らく惜しも　（巻二・一六九）
〔天地の始まりの時、（ひさかなの）天の河原に、多くの神々がお集まりなさって、神々をそれぞれの役割にお分けなさった時、天照らす日女の尊が高天の原を統治なさるというので、葦原の瑞穂の国を、天地が接する果てまでお治めなさる神の命として、天雲を多くかき分け、降臨なさった、高く照らす日の皇子は、（飛鳥の）浄の宮に神のままの姿でいらっしゃったが、天皇のお治めなさる国として、天の原の門を開き、天にお上りなさった。わが王の皇子の命が天下をお治めなされば、（春花の）貴いだろうと、（望月の）霊威に満ちただろうと、天下の人々が（大船の）頼みにして、（天の水＝慈雨）仰ぎ待っていたのに、どのようにお思いになったのか、理由もなく、真弓の岡に、御殿をお作りなさりいらっしゃって、朝ごとに、お言葉をいただかない月日が多くなった。それゆえ皇子の宮人はどうしていいかわからない。

反歌

（ひさかたの）天を見るように仰ぎ見た皇子の御殿の荒れていくのが惜しいことだ
（あかねさす）日は照らすけれど、（ぬばたまの）夜渡る月が隠れるのが惜しいことだ〕

日並皇子は草壁皇子のことで、天武天皇の皇子として立太子しており、天武天皇の皇統を嗣ぐ者として嘱望されていたが、持統三年（六八九年）に亡くなった。

この歌の方法も、天地開闢からうたい始め、天孫降臨と重ねられて、天照大神によって地上を統治する天皇として下されたのにとうたっており、皇子を神話的に位置づけている。「近江荒都歌」、「吉野行幸従駕歌」と、天皇を現人神と位置づけるのが人麿の方法だったことが明確になる。その場合、『古事記』や『日本書紀』の語っている神話が根拠になっていることも、この「日並皇子挽歌」で明確になるといっていいだろう。もちろん、『古事記』は和銅五年（七一二年）、『日本書紀』は養老四年（七二〇年）に撰進されているから、この時期には書かれていない。

ということは、むしろ人麿が、『古事記』『日本書紀』の語るような神話をうたうことで、日本の神話、そして天皇の歴史を広めていった可能性がある。そういう役割を人麿は担ったのである。それが人麿の意志だとしても、古代国家の確立期である。時代の意志を人麿が引き受けたと考えたほうがいい。いうならば、古代国家の共同性が人麿に憑依したといっていいだろう。

高市皇子挽歌

「高市皇子挽歌」の特徴はまず、「大御身に　大刀取り佩かし」以下「行く鳥の　あらそふ」まで、四二句にわたって戦をうたっているところにある。三分の一近くが戦に費やされているのである。このように戦が歌にうたわれることはなかったといっていい。これらの句を成り立たせているのは、鼓、小角という軍隊の楽器、その比喩として虎という日本列島にいない猛獣の吼える声、弓弭の動きの比喩としての旋風など、他の歌にはほとんど見られない特異な語である。いわば国家の軍隊の壮麗さをうたうことによって、その中心にいる、戦闘に赴く大津皇子を称えたのである。そして、この場面は事物をあげて述べていくため、叙事的になっている。

かけまくも　ゆゆしきかも　言はまくも　あやに　畏《かしこ》き　明日香の　真神が原に　ひさかたの　天つ御門《みかど》を　かしこくも　定めたまひて　神さぶと　磐隠《いはかく》ります　やすみしし　わご大君の　きこしめす　背面《そとも》の国の　真木立つ　不破山越えて　高麗剣《こまつるぎ》　和蹔《わざみ》が原の　行宮《かりみや》に　天降り座して　天の下　治め給ひ　食《を》す国を　定め給ふと　鶏《とり》が鳴く　吾妻《あづま》の国の　御軍士《みいくさ》を　召し給ひて　ちはやぶる　人を　和《やは》せと　服従《まつろ》はぬ　国を治めと　皇子《みこ》ながら　任《よさ》し給へば　大御身《おほみみ》に　大刀取り佩かし　大御手に　弓取り持たし　御軍士を　あともひたまひ　斉《ととの》ふる　鼓の音は　雷《いかづち》の　声《おと》と聞くまで　吹き響せる　小角《くだ》の音も　敵《あた》見たる　虎が吼《は》ゆると　諸人《もろひと》の　おびゆるまでに　捧げたる　幡の靡きは　冬ごもり　春さりくれば　野ごとに　着きてある火の　風の共《むた》　靡くがごとく　取り持てる　弓弭《ゆはず》の騒《さわき》　み雪降る　冬の林に　飄風《つむじ》かも　い巻き渡ると　思ふまで　聞きの恐《かしこ》く　引き放つ　矢の繁けく　大雪の　乱れて来《きた》れ　服従《まつろ》はず　立ち向ひしも　露霜の　消《け》なば消ぬべく　行く鳥の　あらそふ間《はし》に　度会《わたらひ》の　斎《いつき》の宮ゆ　神風に　い吹き惑はし　天雲を　日の目も見せず　常闇《とこやみ》に　覆ひ給ひて　定めてし　瑞穂の国を　神ながら　太敷きまして　やすみしし　わご大君の　天の下　申し給へば　万代に　然《しか》しもあらむと　木綿花《ゆふはな》の　栄ゆる時に　わご大君　皇子の御門を　神宮に　装ひまつりて　使はしし　御門の人も　白栲の　麻衣着　埴安の　御門の原に　茜さす　日のことごと　鹿《しし》じもの　い匍《は》ひ伏しつつ　ぬばたまの　夕《ゆふべ》になれば　大殿を　ふり放《さ》け見つつ　鶉なす　い匍《は》ひもとほり　侍《さもら》へど　侍ひ得ねば　春鳥《はるとり》の　さまよひぬれば　嘆きも　いまだ過ぎぬに　憶《おも》ひも　いまだ尽きねば　言《こと》さへく　百済の原ゆ　神葬《かむはふ》り

葬りいませて　麻裳《あさも》よし　城上《きのへ》の宮を　常宮《とこみや》と　高くしまつりて　神ながら　鎮まりましぬ　然れども　わご大君の　万代と　思ほしめして　作らしし　香具山の宮　万代に　過ぎむと思へや　天の如　ふり放け見つつ　玉襷　かけて偲はむ　恐くありとも（巻二・一九九）

短歌

ひさかたの天知らしぬる君ゆゑに日月も知らに恋ひ渡るかも（巻二・二〇〇）

埴安の池の堤の隠沼《こもりぬ》の行方を知らに舎人はまとふ（巻二・二〇一）

〔口にするのもはばかられる、言葉にするのもおそれおおい、明日香の真神の原に、（ひさかたの）天の御殿を尊くもお決めなさって、神の姿でお隠れなさった、（やすみしし）わが天皇（＝天武天皇）がお治めになる北の国の（真木立つ）不破山を越えて、（高麗剣）和蹔が原の行宮に降臨なさって、天下をお治めなさり、支配なさる国を定めなさるというので、（鶏の鳴く）吾妻の国の軍勢をお召しになり、（ちはやぶる）人々をなごまそうと、従わない国々をお治めなさろうと、皇子（＝高市皇子）のままでご命令なさったので、大御身に太刀をつけられ、御手に弓をお持ちになり、軍勢を統率なさり、隊伍を整える鼓の音は雷の音と聞こえるまでに、吹き響く小角の音も、敵を見る虎の吼えるように、人々が怯えるまでに、捧げる旗の靡くさまは、（冬ごもり）春がやってくると野ごとにつける火の、風と共に靡くように、兵士の持つ弓の弭の騒ぎは、雪の降る冬の林に旋風が巻き渡ると思うまで、聞くのが恐ろしく、引き放つ矢の激しさは、（大雪の）乱れ飛んで来ると、従わず立ち向かってくる者も、（露霜の）死者は死に、（行く鳥の）先をあらそい逃れようとする間に、度会の斎の宮から吹く神風に惑わされ、天雲を日の目も見せないくらいに、常闇に覆い尽くしなさって、平定なさった瑞穂の国を、神のままの姿で、お治めなさって、（やすみしし）わが大君が天下にご命令をお下しなされば、永遠にこのようであろうと、（木綿花の）栄える時だったのに、わが大君、皇子の御殿を、神宮としてお飾り申して、お使いになる御殿の人々も、（白栲の）麻の衣を着て、埴安の御門の原に、（茜さす）日のすべてに、鹿のように腹這い伏し続け、（ぬばたまの）夕になると、大殿を遠く見ながら、鶉のように這い回るが、お仕えできるわけではないので、（春鳥の）さまよってしまうので、嘆きもいまだ去ることもなく、憶いもいまだ尽きることもないので、（言さへく）百済の原を通って、神々しくお葬り申し上げ、（麻裳よし）城上の宮を永遠の宮と高くお造り申して、神のままでお鎮まりなさった。それにしても、わが大君が永遠とお思いなさってお造りなさった香具山の宮は永遠になくなるなどと思えるだろうか。天の如く、遠く仰いで、（玉襷）心にかけてお慕いしよう。畏れ多いことではあるが。

反歌

（ひさかたの）天をお治めなさった君ゆえに時も忘れて恋い続けることよ

（埴安の池の堤の隠沼の）行方もわからず舎人はさまようことよ

高市皇子は壬申の乱において戦闘の総帥として活躍するが、『日本書紀』において最も活き活きとスピーディーに戦闘の場面を書いているのはこの壬申の乱である。たとえば、天武天皇元年（六七二

年）七月四日の、

将軍（大伴吹負）、軍を引き西に如《ゆ》く。当麻《たぎま》の衢《ちまた》に到りて、壱伎史韓国《いきのふひとからくに》が軍と葦池の側《ほとり》に戦ふ。時に、勇士来目《くめ》といふ者あり。刀を抜き急《すむやけ》く馳せて、直《ただ》に軍の中に入る、騎士《うまいくさ》継踵《しき》りて進む。則ち近江軍悉く走《に》げ、追ひて斬ること甚多し。

という具合である。これらの記述は、当時天武天皇に舎人として仕えていた安斗宿禰智徳《あとのすくね》、調連淡《つきむらじ》海、和邇部臣君手らの日記によるという説もあるが（伴信友『長等の山風』）、「日次体の記録が存在」し、それらによって書いたのではないかという、西郷信綱の論が妥当だろう。西郷はさらに「口頭の伝承がふんだんに生み出され広く流通していたと推測」し、「そうした口頭の伝承が身のまわりになお息づいているとき、当の事件にかんする史官らの筆致が観念の介入を排し、おのずと事実に即したものにならざるをえない」（『壬申紀を読む』）と、事実として読めると述べている。事実かどうかより、口頭の伝承が息づいているなかで書かれているというところを汲み上げたい。『日本書紀』が書かれるよりさらに前、高市皇子の死は持統天皇一〇年（六九六年）だから壬申の乱（天武天皇元年〈六七二年〉）からせいぜい二十数年である。初めての全国規模の戦争である壬申の乱が活き活きと語られていないはずはない。人麿の高市皇子の挽歌にも、そういう戦の語りが踏まえられているに違いない。

この問題は、人麿がどのように新しい歌を作っていったかという方法の問題である。従来の歌、いわゆる古代歌謡とは異なる歌が要求されていた。先に述べたように、古代国家の儀礼歌である。それまでの儀礼歌は、たとえば天皇の葬儀にうたわれる歌は「大御葬歌」と呼ばれる、ヤマトタケルに由来するものだった。つまり、神話や歴史伝承に依拠することで、儀礼歌でありえたのである。そのヤマトタケルに由来する大御葬歌を引いてみよう。

なづきの田の　稲幹《いながら》に　稲幹に　這ひ廻《もと》ろふ　ところづら
浅茅原　腰なづむ　空は行かず　足よ行くな
海が行けば　腰なづむ　大河原の　殖草　海がは　いさよふ
浜つ千鳥　浜よは行かず　礒伝ふ

の四首である。『古事記』によれば、ヤマトタケルの后や子たちが泥田を這い回って嘆き悲しんださまが一首目、ヤマトタケルの魂が白鳥となって飛んでいくのを苦労して追って行くさまが二、三首目、礒まで飛んでいったさまが四首目となる。これらはそういう説明があるので内容が分かる。なければ、分からない。

このように、古代歌謡と呼ばれる歌は、伝承を共有している社会のなかに閉じられている場合が多い。それに対し、『万葉集』の歌は言語表現によって、像を結ぶことが可能であったり、内容を理解できる度合いが古代歌謡に比して高いのである。これは『万葉集』の歌が言語表現として比較的自立していることを示している。
人麿の「高市皇子挽歌」の戦の場面も内容はほとんど理解しうる。叙述していく文体になっているからである。そして、それが口誦の戦の語りを抱えることで可能になったのではないかと考えられるわけだ。その場合、語りという歌謡とは異なる文体を取り込んだことになる。
人麿が「近江荒都歌」で天皇を中心に据えた国家の神話と歴史を、「吉野行幸従駕歌」で神話の様式に依拠したのも、新しい儀礼歌の方法であった。そして、この「高市皇子挽歌」では、戦語りの伝承に依拠した。

明日香皇女挽歌

明日香皇女は天智天皇の娘であり、忍壁皇子の妃である。文武四年（七〇〇年）に亡くなった。この挽歌は「日並皇子挽歌」とも「高市皇子挽歌」とも違う方法で作っている。

飛鳥《とぶとり》の　明日香《あすか》の河の　上《かみ》つ瀬に　石橋《いはばし》渡し　下《しも》つ瀬に　打橋《うちはし》渡す　石橋に　生ひ靡ける　玉藻
もぞ　絶ゆれば生ふる　打橋に　生ひをれる　川藻もぞ　枯るればはゆる　何しかも　わご大
君の　立たせば　玉藻のもころ　臥《こや》せば　川藻の如く　靡かひし　宜《よろ》しき君が　朝宮を　忘れ給
ふや　夕宮を　背き給ふや　うつそみと　思ひし時　春べは　花折りかざし　秋立てば　黄葉か
ざし　敷栲《しきたへ》の　袖たづさはり　鏡なす　見れども飽かず　望月の　いやめづらしみ　思ほしし
君と時々　幸《いでま》して　遊び給ひし　御食《みけ》向ふ　城上《きのへ》の宮を　常宮《とこみや》と　定め給ひて　あぢさはふ　目《め》

言《こと》も絶えぬ　然れども　あやに悲しみ　ぬえ鳥の　片恋嬬《つま》　朝鳥の　通はす君が　夏草の　思ひ萎えて　夕星《ゆふつつ》の　か行きかく行き　大船の　たゆたふ見れば　慰もる　情《こころ》もあらず　そこ故にせむすべ知れや　音のみも　名のみも絶えず　天地の　いや遠長く　思《しの》ひ行かむ　み名にかかせる　明日香河　万代までに　愛《は》しきやし　わご大君の　形見がここを　（巻二・一九六）

短歌二首

明日香川しがらみ渡し塞《せ》かませば流るる水ものどにかあらまし　（巻二・一九七）

明日香川明日だに見むと思へやもわご大君の御名忘れせぬ　（巻二・一九八）

〔（飛鳥の）明日香の河の川上には石橋を渡し、川下には打橋を渡す。石橋に生えて靡く玉藻は絶えればまた生える。打橋に生える川藻は枯れればまた生える。どうしたことか、わが大君は、お立ちになると玉藻のように、横になられると川藻のように靡いてむつみあった君の朝宮を忘れなさったのだろうか、夕宮をお去りなさったのだろうか。この世の身と思っていた時は、春には花を折ってかざしにし、秋が来ると黄葉をかざし、（敷栲の）袖をたづさえては、鏡のように見ても飽きない満月のようにますます慕わしくお思いになっていらした君と、時々いらっしゃって、遊びなさった（御食向ふ）城上の宮をいつまでもいらっしゃる宮と決めなさって、（あぢさはふ）目で見たりものを言ったりすることもなくなってしまった。

だからか、いいようもなく悲しんで、（ぬえ鳥の）片恋要、（朝鳥の）お通いなさる君が（夏草の）悲しみ萎れて、（夕星の）移り行き、（大船の）動揺しているのを見ると、慰める気持ちにもなれない。それ故、どうしようかわからない。噂だけでも、名だけでも絶えることなく、（天地の）永遠にお慕いしていくほかない。御名にかかわる明日香川は、末長くいとしいわが大君の形見だろうか、ここは。

短歌二首

明日香川に堰を渡し塞き止めたら、流れ水もゆるやかになって欲しい

（明日香川）明日も見ようと思われるからか、わが大君の御名が忘れられない）

この挽歌では、神話も歴史もうたわれず、皇女とその夫との関係を基本に据えて、亡くなった皇女が惜しまれる状態、ずっと記憶されることをうたう。しかし、ここにはどの皇女にも成り立ちそうなことのみうたわれており、明日香皇女の個別性や具体性はない。

飛鳥川

かろうじて明日香皇女の明日香を名として個別性を認めれば、その名が川の名として伝えられるだろうといっている。このような死者の鎮魂の方法は地名起源神話に基づくものである。明日香皇女が亡くなったことに由来して明日香川という名がついたという発想だからである。この方法は、

和銅四年（七一一年）歳次辛亥、河辺宮人の姫島の松

原に嬢子の屍を見て悲しび嘆きて作れる歌
妹が名は千代に流れむ姫島の小松が末《うれ》に蘿《こけ》むすまでに　（巻二・二二八）

のように、受け継がれていく。この歌はいわゆる行路死人歌にあたるもので、律令制の施行によって都と地方を繋ぐ旅が盛んになり、旅の途中に出会った死者を鎮魂する歌が要求され出していたことに応える表現法として、人麿の方法が使われたのである。

この場合は、神話的な発想を使って鎮魂しているわけで、人麿はやはり神話に依拠して、新しい歌を作っていたといえる。

それにしても、なぜ天皇の挽歌はないのだろうか。天皇は挽歌の対象にはならなかったということは考えられる。「吉野行幸従駕歌」で述べたように、神としての天皇だからである。葬の儀礼が重いのだ。

皇子は挽歌の対象だった。たぶん皇位に就く以前だからである。高市皇子も皇太子として亡くなった者として、この世で惜しまれねばならなかった。若子が挽歌の対象になり、物語の対象になるのと通じている。

娘子の挽歌

宮廷にかかわるものではないが、他に触れることがないかもしれないので、取り上げておきたい挽歌がある。

土形娘子《ひぢかたをとめ》を泊瀬山に火葬《やきはぶ》りし時に、柿本朝臣人麿の作れる歌一首

隠口《こもりく》の泊瀬の山の山の際にいさよ《よ》ふ雲は妹にかもあらむ　（巻三・四二八）

〔（隠口の）泊瀬の山の山際にただよう雲はあの人だろうか〕

溺れ死《みまふ》りし出雲娘子を吉野に火葬りし時に、柿本朝臣人麿の作れる歌二首

山の際ゆ出雲の児らは霧なれや吉野の山の嶺にたなびく　（巻三・四二九）

〔山際からただよう霧は出雲の子だろうか。吉野の山の嶺にたなびいている〕

八雲さす出雲の子らが黒髪は吉野の川の沖になづさふ　（巻三・四三〇）

〔（八雲さす）出雲の子の黒髪が吉野の川の沖にためらいただよっている〕

この三首は題詞によれば、火葬という新しい葬法を詠んだものだが、死者の哀れさが表現されている。最初の二首は、死者は火葬されて煙となって立ち上るのだが、その煙が向こうの山の際に漂う雲や霧となってただよっているように見えるというのである。

もう一首は、水死した娘の黒髪が流れにたゆたっていると、火葬する前を詠んでいる。この出雲娘子の二首は火葬中と火葬前という順になっているわけだ。火葬の煙を見ながら死に様を思い起こしていることになる。それにしても、黒髪が吉野川の沖に漂うという死に様は入水自殺を思わせる。事故死でもかまわない。そういう異常死の死者の鎮魂として詠んだに違いない。

そこで思い浮かぶのは入水に至る物語である。そう考えると一首目の土形娘子の死も異常死ではな

いか。少なくとも若い娘の死はいわゆる寿命をまっとうした死ではないから、異常死としていい。地方から来て、都の男と恋におち、自殺したのだと思う。人麿はそういう物語を語ったのである。その物語がどのようなものかわからないが、歌として表現された。

一首目で、土方娘子を「妹」と詠んでいることもそう思わせる。「妹」は理想的な恋人、妻に対する呼び方である（古橋『神話・物語の文芸史』）。人麿の恋人か妻でないことは、二組並べられていることで確かだろう。伝承をうたう歌で女主人公を「妹」と呼んでいる例は何首もあげることができる。

この想定は、『万葉集』で次に載せられているのが「勝鹿（葛飾）の真間娘子の墓を過ぎし時に、山部宿禰赤人の作れる歌」であることで確かである。恋に死んだ若い女の伝承があった。この赤人の歌は長歌と反歌の組になっているが、その次に載せられている、

和銅四年（七一一年）辛亥、河辺宮人の姫島の松原に美人《よきひと》の屍《かばね》を見て、悲慟《かな》しびて作れる歌四首

風早《かざはや》の美保の浦廻《うらみ》の白つつじ見れどもさぶし亡き人思へば
みつみつし久米の若子がい触れけむ礒の草根の枯れまく惜しも
人言《ひとごと》の繁きこのころ玉ならば手に巻き持ちて恋ひずあらましを
妹もわれも清《きよみ》の河の河岸の妹が悔ゆべき心は持たじ　（巻三・四三四〜七）

のように、伝承が短歌で詠まれる場合がある。題詞に問題があるが、不慮の死を遂げた若い女の死者

を悼む歌であることは間違いない。一首目の「白つつじ」は、虞美人草のように、死者の生まれかわりかもしれない。二首目に「久米の若子」とあるので悲しい恋物語が想定できる。久米の若子が「い触れけむ礒の草根」は恋物語の一場面だろう。そして先に述べたように、二人とも入水自殺した。後に述べる葦屋処女の伝承が思い合わせられる。

出雲娘子の歌は一首目が現在の状態、そして二首目が過去に戻っているが、この宮人の歌もそうである。こういう型があった。伝承を詠む場合の様式である。その意味でも人麿の娘子を詠んだ挽歌は、伝承でなくとも、物語を浮かべさせたのは間違いない。若い女の異常死は悲恋物語を想定させたのである。あるいは亡くなった女を物語の主人公にすることで、鎮魂したのである。

儀礼歌の歌人

このように人麿の長歌をみてくると、人麿は持統朝の天皇を中心にした国家を作ろうとする意志と雰囲気を歌として表現していることが指摘できる。これは人麿の個人のレベルの問題ではない。

吉本隆明に「共同幻想」という考え方がある（『共同幻想論』）。幻想は観念のことだが、観念が変わるものだということからそう呼ぶ。そして幻想には共同幻想、対幻想、自己幻想という三つの領域があるという。私はこの思想を、一人ひとりの個人の、共同体に向かう心、対に向かう心、自分自身に向かう心と考えてみると、自分の心がとてもよく分かること、さらに表現を分析する方法として有効だと考えるようになった。

この人麿の儀礼歌は、人麿の共同体に向かう心を表出した、共同体に向かう表現だということになる。人麿は自身の固有性に向かう心ではなく、共同体、つまり持統朝の共通の想いに表現を与えたのである。

この人麿のあり方は、いわゆる宮廷歌人と呼ぶのにふさわしいようにみえる。宮廷歌人としてみなすことは、人麿が正史に記されず、身分も分からない存在でありながら、『万葉集』に多くの歌を残したことの唯一の理由になりうるだろう。『万葉集』には人麿以降、山辺赤人、高市黒人、田辺福麿、高橋虫麿、笠金村など、ほとんど官位も分からない歌人が何人か登場する。こういうことは平安期以降にはみられないことである。『万葉集』の時代には、宮廷の周辺にそういう人たちがいたことを思わせる。

こういう歌人たちがいたのは、古代前期の特徴なのか、あるいは平安時代にもいたが史料には登場しないのだろうか。平安期にも、宮廷周辺にはいなくても、歌がうまい人たちはいないはずはない。ということで、人麿を吟遊伶人と考える見方が出てくる。中世では、芸をもって旅をしていた人々の存在が知られている。

私は、かんたんに古代にもそういう人々がいたというような言い方は避けるべきだと思う。古代社会においてそのような人々を思わせる史料はない。そこで、古代王権の確立期の特別な状況を考えるのがいいと思う。

人麿は宮廷歌人か

人麿の挽歌には天皇のものはなく、「吉野行幸従駕歌」はあるが、都の天皇讃歌はないと述べてきた。人麿には宮廷の周辺のものはあるが、中心、いうならば宮廷生活を詠んだ歌はない。「(天智)天皇の、内大臣藤原朝臣(藤原鎌足)に詔して、春山の万花の艶と秋山の千葉の彩とを競はしめたまひし時に、額田王の、歌を以て判れる歌」(巻一・一六)のようなものがないのだ。したがって、人麿は宮廷にいて、年中行事などの宮廷儀礼にかかわることはなかったといえるだろう。そういう人を宮廷歌人といっていいとは思えない。

人麿は宮廷に仕えたのでも宮廷にいたのでもなかった。しかし垣の本におり、宮廷を見ていた。実際にそうだというのではなく、宮廷の周辺にいて、宮廷に起こったことを伝える役割を担っていたと思われる。先に『大鏡』の語り手の一人が「都ほとり」で育ったことを述べたのと通じている。その意味で、人麿はまず語り手と考えるのがいいのではないか。

『万葉集』からは人麿が語り手であることを思わせる歌がないわけではないが、先に引いたの土形娘子らの異常死をうたう短歌があり、人麿は悲恋物語を作って鎮魂したのではないかと述べた。この問題に入る前に、人麿の歌による役割を述べておきたい。

第三章　旅の歌

人麿には「羈旅の歌八首」（巻三・二四九〜五六）（以下「羈旅歌八首」と表記する）と、旅の歌がまとめられて載せられている場合がある。他にも旅の歌があり、人麿の残した歌の大きな比重をしめている。そこで、旅の歌としてまとめて考えてみることにしたい。

1　羈旅の歌八首

旅のモデル

まず、「羈旅歌八首」（巻三・二四九〜五六）を取り上げる。この「羈旅歌八首」という題詞自体が気になる。旅の歌を主題としている言い方である。このような題詞は、最も古く編まれた巻一、二にはみられない。

御津の崎波を恐《かしこ》み隠り江の舟に公宣《さみの》る美奴《みぬ》の島へに
〔御津の崎の波が恐ろしいので、入り江の船にいる君が祈る、美奴の島へ〕
珠藻刈る敏馬《みぬめ》を過ぎて夏草の野島が崎に舟近づきぬ
〔（珠藻刈る）敏馬を過ぎて（夏草の）野島の崎に船は近づくことだ〕
淡路の野島の崎の浜風に妹が結びし紐吹き返す
〔淡路の野島の崎の浜風に、いとしい人が結んだ紐が翻るよ〕
荒栲《あらたへ》の藤江の浦に鱸《すずき》釣る白水郎《あま》とか見らむ旅行くわれを
〔（荒栲の）藤江の浦に鱸を釣る白水郎と見られるだろうか、旅を行く私は〕
稲日野《いなびの》も行き過ぎかてに思へれば心恋しき加古の島見ゆ
〔稲日野も行き過ぎがたく思っていると、心待ちにした加古の島が見える〕
留火《ともしび》の明石大門《おほと》に入る日にか漕ぎ別れなむ家のあたり見ず
〔（留火の）明石大門に入る日に、漕ぎ別れて行くのだろうか、家のあたりはもう見えない〕
天離《あまざか》る夷《ひな》の長道《ながち》ゆ恋ひ来れば明石の門《と》より大和島見ゆ
〔（天離る）鄙の長い道のりを都を恋いながら来ると、明石海峡から大和が見える〕
飼飯《けひ》の海の庭好くあらし刈り薦《こも》の乱れ出づ見ゆ海人《あま》の釣船
〔飼飯の海の漁場は穏やからしい、（刈り薦の）乱れ出て行く海人の釣船よ〕

第一首目は訓み、解釈に定説はないが、一応訓みは中西進『万葉集』に従った。六首目の「留火の明石大門に入る日」までと、七首目「天離る鄙」の歌はともに明石を詠みながら、六首目は家郷である大和から遠ざかる方向、七首目は大和に近づく方向だから、旅の行きと帰りと逆の方向であることがはっきりしている。したがって、一首目から六首目までは行きの歌、七、八首は帰りの歌とみなしうる。普通旅には目的地があるはずなのに、この八首からはそれがわからない。さらに、明石が「大門」「門」と呼ばれており、境界であることがわかる。畿内から鄙に出る最終的な境界が明石だったと考えられる（ちなみに明石市人丸町には柿本神社がある）。『源氏物語』では光源氏は明石に流されている。

柿本神社

これら八首は難波を船出して鄙に向かい、最終的な境界までをうたい、鄙からの帰りをうたうのだから、人麿が実際に旅した時に詠んだものとは考えにくい。とすると、後に瀬戸内海航路の夷との境界である明石までの歌を、人麿の旅の歌から、旅の歌のモデルとして切り取ったものと考えられる。「羈旅歌八首」という題詞自体、人麿がつけたというものではない。そうであったもいいのだが、それでは平安期以降にみられるようになる、題を決めてそれに適う歌を詠む題詠になる。『万葉集』では巻十に「野遊び」などと集めた例があるが、それは題詠ではなく、そういう題によって集めた歌を並べたものと考えられている。

ではなぜ「羇旅歌八首」としてまとめられたのだろうか。これらの旅の歌は夷に旅する場合のモデルを示したものではないかと思われる。しかしだったら明石以降の歌があってもいい。第六章でふれるが、この八首のうち四首の異伝歌が『万葉集』巻十五の「遣新羅使」の歌に入っている。これらの歌はほとんど大使を始め新羅へ行く者たちの歌なのに、人麿の歌が「所に当たりて誦詠せる古歌」として誦詠されていることは、航海における役割があったからだと思われる。外国への航海は命がけである。ならば航海安全という呪的な意味をもっていたと考えるのが自然だろう。外国航路でなくてもいいが、「羇旅歌八首」とまとめられていることもそれを示していると考えられる。そう考えると、鄙との境界までの行きと帰りの歌であることも分かる。都の霊威が強くある域内でいわばその霊威を溜めるのではないか。いうならば旅へ出ると旅人は六首までをうたい、目的地まではそれぞれ自分で作り、そして帰りに七首目以下をうたうという構成が旅の歌の基本となっていたことがいえそうである。

旅の歌の成立

では、旅の歌とはどういうものだろうか。律令制が整い出すと、官人たちが地方に行ったり、地方の人々が都に来たりする旅が始まる。それにともない歌が要求されたのである。もちろん、要求は都の側の人たちである。

人麿が示したモデルはどのようなものだったのだろうか。「羇旅歌八首」でみてみよう。

一首目は下の句の訓みが確定していないので、上の句に関してだけいえば、「波を恐み」は出航前の風や波を待っている状態を詠んでいるが、「波を恐み」は畏怖していることだから、逆に航海の無事を祈ることも含んでいるとみていいだろう。そして、二首目で、航海がスムースに進んでいる状態をあらわしている。三首目は、家郷で無事の帰還を祈ってくれている妻への想いと、その妻が魂を結びとめてくれている紐が異郷の風に翻るというのは旅の不安感の表現にもなっている。それは家郷から遠く離れていくことを意味し、次の自分が異郷に紛れ込んでいる状態をいうことで、異郷に受け容れられていない状態をうたい、不安感を鎮める歌になっている。そして、五首目で、これから行く異郷の地への想いを語ることで、土地讃めになっている。六首目は、最終的に夷の地に入る歌である。

行きだけみたが、旅の歌のあり方をよく示している。旅は異郷の地を行くものだから、通過する土地の霊に守られなければならなかった。そのためには土地の者になることが一番である。五首目の「白水郎とか見らむ」がそういう観念に基づいたものである。そして、土地を讃め称え、受け容れてもらえるように祈った。

また、家郷で家を守り、旅人の無事の帰還を祈る妻のことを思うと詠むことで、妻との魂の交感をして、旅における魂の不安定状態を解消することをしていた。

これが旅の歌の基本である。しかし、人麿の歌は祈願詞ではない。祈願詞は別にあると考えるべきと思う。難所で幣を捧げ、祈願の言葉を唱えた。本来は祈願詞も歌も同じようなものだったと思う。もしそうなら、祈願詞と歌が分離する時があった。たぶん、人麿はその分離した歌のスタイルを確立したのである。それは、これらが示すように、旅の雰囲気、情緒を取り込むことだった。祈願そのものは多くを祈願詞に任せ、歌が美に向かうものであることを確立したのである。だからといって、もちろん祈願の意味ももっていたとすべきである。

新しい枕詞と序詞

それだけではない。たとえば六首目の「留火の明石」の「留火」は明石を喚び起こす枕詞である。これは人麿が使い始めた。しかし本来枕詞は土地の霊威のこもった神聖なものであったはずである。「うまさけ　三輪」という言い方がある（巻一・一七）がある。ウマは現代語に「うまい」と残っているが、恋人との充実した共寝を「うま寝」というように、甘美なすばらしさをいう語であり、サケは栄える、境のサカ、花が咲くのサクなど、境界、先端部の異郷の霊威を強く感じている状態をあらわす語であるから、「うまさけ　三輪」は三輪が神々の霊威の溢れている場所であることを表現している。この「うまさけ　三輪」が後に酒の名産地としての三輪という像を生み出した（奈良県桜井市にある大神《おおみわ》神社は三輪山をご神体とし、酒造りの神様として知られている）。

大神神社

旅の歌はそういう土地の霊威のある枕詞ではなく、新しい枕詞を地名に被せることをしていった。この「留火明石」は「灯がともると明るい明石」という繋がり方だから、誰でも分かる。古くから伝わっている、土地の霊威を称える言葉である枕詞は土地の固有性そのものである。したがって、新しい枕詞は、誰でもが分かるものに変えることで、その固有性を薄めているといっていい。しかも歌は大和地方の言葉を元にした都の言葉だから、中央の言葉で土地の固有性を奪う方向に働くことになった。実際に古い枕詞があったかどうかは分からないが、旅するなかで、新たな枕詞を被せることで、土地の固有性を都の普遍性のなかに組み込んでいったのである。

『万葉集』の詩の技法として枕詞と序詞があるが、序詞の例もあげてみれば、

吾妹子が赤裳ひづちて植えし田を刈りて蔵《をさ》めむ倉無《くらなし》の浜 (巻九・一七一〇)
〔(私のいとしい人が赤い裳を濡らして田を刈って集めた稲を納める) 倉無の浜〕

と、四句までが「倉」を喚び起こす序詞という最も極端なものまである。旅をしている都の人が倉無の浜という地名に出会って、その名から物語を作ったといってもいい(石川久美子「都と地方」〔古代文学会平成二三年五月例会発表〕。なお、石川は「妹」を地名を喚び起こす枕詞、序詞が多くみられることも指摘している。これも誰でもわかる新しい枕詞、序詞である)。物語としては、むしろ稲を納める倉が無いという展開だろう。詠み手がおもしろがっているような気がする。とにかく家郷の妻を思い浮かべる旅の歌の類型から、こういう連想が働いたのである。

ちなみにこの歌は、左注に「あるは曰く」とことわって人麿の作としている。人麿が旅の歌ではたしていた役割がよく分かるものになる。そして、この例は人麿の歌の方法を受け継いだもので、人麿が『万葉集』の早い段階ですでに伝説化されていたことを思わせる。

2　人麿の旅の歌

人麿には他にも旅の歌がある。それらも旅の歌のモデルになっていっただろうが、さらに人麿にしかみられない特殊な状況設定をした歌もある。人麿は儀式歌だけでなく、旅の歌でも重要な役割をはたしたのである。

新しい旅の歌

柿本朝臣人麿の築紫国に下りし特に、海路にして作れる歌二首

名くはし稲見《いなみ》の海の沖つ波千重に隠りぬ大和島根は　（巻三・三〇三）

〔名もすばらしい稲見の海の沖の波が幾重にも重なって隠れてしまった、大和の島は〕

大君の遠《とそ》の朝廷《みかど》とあり通ふ島門を見れば神代し思ほゆ　（巻三・三〇四）

〔大君の遠い朝廷としてずっと通い続ける海峡を見ると神代が思われる〕

この二首は先に引いた「羈旅歌八首」と重なる。同じ時に作られ、先の八首が選ばれたのかもしれない。二首目は「神代し思ほゆ」と、神話を思い出している。やはり、人麿は『古事記』に書かれたものとは異なる神話を知っていた。これが当時の朝廷の人々の共通の知識だったかどうかわからない。むしろそうではなく、人麿が神話を広める役割を担っていた気がする。

また、人麿の旅の歌には、

柿本朝臣人麿の近江国より上り来し時に、宇治河の辺に至りて作れる歌

もののふの八十氏河の網代木にいさよふ波の行方知らずも　（巻三・二六四）

〔（もののふの八十）宇治河の網代木にただよい続けている波の行方がわからないよ〕

柿本朝臣人麿の歌一首

淡海の海夕波千鳥汝《な》が鳴けば情《こころ》もしのに古《いにし》へ思ほゆ　（巻三・二六六）

〔近江の海の夕波を飛ぶ千鳥よ、お前が鳴くと、心がなえるように昔が思われるよ〕

のようなものもある。一首目はまず宇治川を喚び起こすのに「もののふの八十」と序詞を被せている。そして内容は「いさよふ波の行方知らずも」と、旅の不安そのものを表出したもので、人麿以前にこの種の歌はない。これも旅の歌のモデルになるものである。

二首目は、「近江荒都歌」に繋がるもので、かつて都があって繁栄していた大津の宮への鎮魂になっている。しかしそれだけでなく、「淡海の海夕波千鳥」ときわめて調子がよく、哀愁を醸し出す感じになっている。新しい旅の情緒とでもいえばいい。これも旅の歌のモデルになりうるものである。

都で旅を思う歌

人麿には、「伊勢国に幸しし時に、京に留まれる柿本朝臣人麿の作れる歌」という珍しい歌がある。普通は都に留まるのは女で、男の旅の無事を祈り、旅先の男

の歌と対応する。男が旅先の女を詠む歌はこの歌しかない。この歌は官女もついていく行幸だから成り立つ歌である。

あみの浦に船乗りすらむをとめらが珠裳《たまも》の裾に潮満つらむか（巻一・四〇）
〔あみの浦で船に乗っているだろうおとめたちの美しい裳の裾に潮が満ちて濡れているだろうか〕
くしろ着く手節《たふし》の崎に今日もかも大宮人の玉藻刈るらむ（巻一・四一）
〔（釧を着ける）てふしの崎に、今日も大宮人が美しい藻を刈っているだろうか〕
潮騒に伊良虞の島辺漕ぐ船に妹乗るらむか荒き島廻を（巻一・四二）
〔潮騒のなか、伊良虞の島のあたりを漕ぐ船にいとしい人は乗っているだろうか。荒々しい島の廻りを〕

一首目はかつて、船に乗っている宮廷の官女の裾に潮が満ちるというなら、船に海水が入ってきていることになり、不安の歌になってしまう。そこで、宮女の裾に潮が満ちるというのは、「神風の伊勢の国は常世の浪の寄する国」という「古語」がある（『伊勢国風土記』逸文）から、遙か沖の常世から霊威を運んでくる波を受け止めていると表現していると書いたことがある（古橋「珠裳の裾に潮満つ」）。しかしそれでも船は浸水していることに変わりないから、今は「潮満つ」を、額田王の「熟田津に船乗りせむと月待てば潮もかなひぬ今は漕ぎ出でな」の例があるように、出航を可能にする満潮を表現するとみて、浜で船出を待っていると、宮女の裾に常世の霊威を運ぶ波が寄せてきているで、出航しようとしているさまを詠んでいると考えている。

二首目は、異郷の地で常世からの寄り物である藻を刈る、つまり異郷の物を手に入れている歌である。一首目と二首目は宮廷官女と大宮人が対応する表現となっており、行幸の一行全体を詠んでいる。そして、三首目は「潮騒」「荒き島廻」と旅にある不安を詠むが、「妹」とあり、「妹」とは自分の最高の恋人、妻をあらわす語（古橋『神話物語の文芸史』）だから、その一行の宮女を自分に引き寄せて詠むという構成になっている。

そのように、最初の二首で、異郷の霊力と接触し、それを得るという行幸の目的ともいえる状態をうたい、けれども自分のいとしい人を異郷に出して、京にいる自分は不安だという組み合わせになっている。この不安の表出は巻一の四番歌の軍王の歌と通じる。人麿のこの三首は、行幸という称えるべきものを称え、しかし個人の側からは不安だという人の心のあり方を表現していることになる。

この三首目の歌は、全体とは異なっても、個人の心の側の表出が歌では可能だという、歌の位置を明確にしている。歌が心の表現だという認識が確立していったわけだ。もちろん、行幸を称えるのも心の表現である。個別の側が許されるのは、称えるのも心であり、個別の側は心の一部だという了解によって成り立つのである。

では、なぜ人麿はこのような歌を作ったのだろうか。

人麿は行幸従駕歌を作っている。つまり、行幸に従って旅に出ている。しかしそれとは逆の立場の歌であり、残された男の歌は他にはない。ということは、普通残された男は歌を詠むことはないということである。なぜなら、家郷の女は旅する男が無事に帰るように、男の霊的な守護の役割を担うからである。特に主婦は家族の霊魂を管理する役割をもっていた。いわば主婦権である。今でもする洗濯、料理は健康管理だが、それも霊魂の管理と考えていたのである。

とすると、都に残された男たちはどうしていただろうか。人麿はそういった宮廷生活を表現してみたと考えられる。このあり方は物語作者に近いではないか。人麿は語り手としての役割をもっていたと思う。

都の言葉や文化を広める

宮廷は庶民に対して、文化的な優位を保持しなければならない。身分制社会は、支配階級があらゆる面で支配される側より圧倒的に上位にいることで維持されるのである。歌もその役割を担っていた。特に、中国には、「文は経国の大業なり」（詩経大序）という思想があり、文学が国を治めるのに必要なものとされていたのである。漢詩は「君唱臣和」、つまり君主が詩を詠み、臣下が応えることによって君主と臣下が心を一つにする状態が実現するという考え方があった（古橋「天皇の言葉と和歌」）。そこに、歌を漢詩と対等の価値あるものにしていく必要があったのである。

そういう国家の側の要求に応えていたのが人麿である。旅の歌は都の言葉や文化を広める働きもしていた。日本列島は同じ日本語を話していたと思われがちだが、もう半世紀前になるが、大学入試の発表をみて、その足で山陰を旅した。東海道線で京都に行き、山陰本線に乗ったとたん、方言に囲まれて日本にいない気分になったのをよく覚えている。もちろん方言のことは知っていたが、東京とその近郊で暮らしてきた私は方言に囲まれたことはなかった。同じ日本語なのにこんなにわからないとは思っていなかったのである。

古代も大差ないと考えていいと思う。大和の言葉は畿内を出ても通じたのだろうか。通じなかったに違いない。『東大寺諷誦文稿』に方言のことが出ている。近代社会の成立には日本国中に通じる共通語が必要だった。東京の言葉を共通語にして、国語の教科書によって全国同じ言葉を使うようにしていった。古代はどうだったのだろうか。中央の役人が地方に赴任し、また地方から貢上され衛士や采女が帰国して、都の言葉や文化を伝えたことが考えられる。

歌はその都の言葉や文化の象徴だった。『万葉集』巻十六に、次のような歌と左注が載せられている。

安積山影さへ見ゆる山の井の浅き心をわが思はなくに　（三八〇七）

右の歌は、伝へて云はく、葛城王の陸奥国に遣さえし時に、国司の祗承緩怠《しじょうけんたい》なること異《こと》に甚し。時に王の意に悦びず、怒の色面に顕る。飲饌《いんせん》を設けども、肯《あ》へて宴楽せず。ここに前の采女あり。風流《みや》びたる娘子なり。左の手に觴《さかづき》を捧げ、右の手に水を持ち、王の膝を撃ちて、この歌を詠みき。すなはち王の意解け悦びて、楽飲すること終日なりき」といへり。

葛城王が国司の接待の態度に怒ったが、元采女によって機嫌がよくなったという話である。采女は都から雅な物腰、態度、そして歌を身につけて帰ってきていた（石川久美子「大和物語注釈」第百五十五段）。采女は地方から差し出されるものだが、帰国した後の話は珍しい。

第四章　人麿と物語

先に人麿は語り手だったということを述べた。本章では、『万葉集』の歌から、その語りを導いてみたい。この語り手は広い意味でいっている。たとえば、一首の歌を詠んだにしろ、どういう状況で詠んだかも語り聞かせる存在である。

1　妻の死を嘆く歌

二つの挽歌

人麿には「柿本朝臣人麿の妻死《みまか》りし後に、泣血《いさ》ち哀慟《かなし》みて作れる歌」がある。題詞を信じれば、妻が亡くなってしばらくして作ったことになる。長歌と短歌二首の組で、二組ある。この二組が私が人麿を語り手と考えるきっかけだった。

歌碑
（秋山乃もみぢを茂み迷ひぬる妹をもとめむ山道知らずも）

（A）天飛ぶや　軽《かる》の路《みち》は　吾妹子《わぎもこ》が　里にしあれば　ねもころに　見まく欲しけど　止まず行かば　人目を多み　数多《まね》く行かば　人知りぬべし　狭根《さね》葛《かづら》　後も逢はむと　大船の　思ひ頼みて　玉かぎる　磐垣淵《いはかきふち》の　隠《こも》りのみ　恋ひつつあるに　渡る日の　暮れぬるが如《ごと》　照る月の　雲隠る如《ごと》　沖つ藻の　靡きし妹は　黄葉《もみちば》の　過ぎて去《い》にきと　玉梓の　使の言へば　梓弓　声《おと》に聞きて　言はむ術《すべ》　せむ術知らに　声のみを　聞きてあり得ねば　わが恋ふる　千重の一重も　慰もる　情《こころ》もありやと　吾妹子が　止まず出で見し　軽の市に　わが立ち聞けば　玉襷　畝傍の山に　鳴く鳥の　声も聞こえず　玉鉾《たまぼこ》の　道行く人も　一人だに　似てし行かねば　すべを無み　妹が名喚びて　袖そ振りつる　（巻二・二〇七）

短歌二首

秋山の黄葉《もみち》を茂み迷《まと》ひぬる妹を求めむ山道知らずも　（巻二・二〇八）

黄葉の散り行くなへに玉梓の使を見れば逢ひし日思ほゆ　（巻二・二〇九）

〔（天飛ぶや）軽の路は、いとしいあの人の里なので、よく見たいのだけれど、繰り返し行くと、人目が多いので、何回も行くと人にわかってしまうので、（狭根葛）後で逢おうと、（大船の）あてにして、（玉かぎる磐垣淵の）逢わずに籠もってばかりいて、恋うていると、渡る日が暮れるように、照る月が雲に隠れるように、（沖つ藻の）靡いたあの人は（黄葉の）過ぎて行ってしまったと、（玉梓の）使がいうので、（梓弓）知らせを聞いて、何といったらいいか、どうしたらいいかわからず、知らせだけを聞いているわけにはいかないので、私が恋する千分の一でも慰められることがあるかと、いとしいあの人がいつも出て見ていた軽の市に、私が立って聞くと、（玉襷）畝傍の山に鳴く鳥の声も聞こえず、（玉鉾の）道を行く人も、一人として似ている人がいないので、どうしようもなく、あの人の名を呼んで、袖を振ったことだ。

　短歌二首

秋山の黄葉が茂っているので迷ってしまったあの人を探す山道が分からない

黄葉の葉が散っていくにつれて、（玉梓）の使を見ると、あの人と逢った日が思われる」

（B）うつせみと　思ひし時に　たづさへて　わが二人見し　走り出の　堤に立てる　槻《つき》の木のこちごちの枝《え》の　春の葉の　茂きが如く　思へりし　妹にはあれど　頼めりし　児らにはあれど世の中を　背きしえねば　かぎろひの　燃ゆる荒野に　白栲の　天領巾隠《あまひれがく》り　鳥じもの　朝立ちいまして　入日なす　隠りにしかば　吾妹子が　形見に置ける　緑子の　乞ひ泣くごとに　取り与ふ　物し無ければ　男じもの　腋《わき》はさみ持ち　吾妹子と　二人わが寝し　枕づく　嬬屋《つまや》の内に昼はも　うらさび暮らし　夜はも　息つき明し　嘆けども　せむすべ知らに　恋ふれども　逢ふよしを無み　大鳥の　羽易《はかひ》の山に　わが恋ふる　妹は座《いま》すと　人の言へば　石根《いはね》さくみて　なづ

み来し　吉《よ》けくもそなき　うつせみと　思ひし妹が　玉かぎる　ほのかにだにも　見えぬ思へば
（巻二・二一〇）

短歌二首

去年《こぞ》見てし秋の月夜は照らせども相見し妹はいや年さかる　（巻二・二一一）

衾道《ふすまぢ》を引手《ひきて》の山に妹を置きて山路を行けば生けりともなし　（巻二・二一二）

〔この世の人と思っていた時に、手を携えて私たち二人で見た、すぐ近くの堤に立っている槻の木のあちこちの枝に春の葉がいっぱい茂るように、いつも思っていたいとしい人だけれど、当てにしていた子ではあるのだけれど、世の中の理に背くことはできないから、陽炎の燃える荒野に、（白栲の）天の領巾に包まれて、（鳥じもの）朝飛び去って、入り日のように、隠れてしまったので、いとしいあの人の形見に残した幼子が恋い泣くごとに、取り与えるものもないので、男というものとは違って、幼子を腋に抱えて、いとしいあの人と二人で寝た（枕づく）嬬屋の中に、昼は心さびしく暮らし、夜は溜息ついて明け方を向かえ、嘆いてもどうしようもなく、恋うても逢うこともできないので、（大鳥の）羽易の山に、私の恋するあの人がいらっしゃると、人がいうので、岩を踏み分け、苦労して来た。それなのに、いいこともない、生きていると思っていたあの人が（玉かぎる）ほのかにも見えないことを思うと

短歌二首

去年見た秋の月は照らすけれど、互いに見つめ合ったあの人は、しだいに遠ざかることよ

衾道よ、引き手の山にあの人を置いて、山道を行くと、生きている心地もしない」

（A）は、人目を避けており、思うように逢えないでいるうちに亡くなってしまったという内容だから、恋愛関係にある恋人の死を嘆くものである。それに対して、（B）は子どもがいるから、同居でないまでも、承認された結婚である。したがって、人目を避ける必要はない。ということは、この二首が同時にあるわけはない。そこで考えられるのは、実際のできごとではないのではないかという疑問である。

これには、人麿は恋人が亡くなった場合と、子のいる妻が亡くなった場合の二つのケースの挽歌を作ったと考えるのが自然である。

これは明らかに物語である。特に二組目は子がいる関係で、このような歌は他にない。大伴旅人の太宰府で妻を亡くし、京に帰った時の歌がある。

人もなき空しき家は草枕旅にまさりて苦しかりけり
妹として二人作りしわが山斎《しま》は木高《こだか》く繁くなりにけるかも
吾妹子が植ゑし梅の樹《き》見るごとに心むせつつ涙し流る　（巻三・四五一〜三）

と、ひたすら亡くなった妻への嘆きが表出されている。結婚し、同居して時間が経っているから、人麿の歌と状況が異なるが、人が亡くなればその亡くなった個人を悼む歌が普通なのに、この長歌は子を詠み込むことで、嘆きをリアルにしている。このリアルさは場面を具体的に表現していることにある。この叙述するスタイルは語りからくる。語りは場面を具体的に叙述することを重ねていくことで物語を展開していくのである。

生活をうたう

しかし、幼児が泣くたびに抱き上げていた妻を思い出すというような叙述のリアルさは生活を見据える目が必要である。これは生活に対する関心がもたらすものだ。生活に対する関心が生活の個別的な場面を表現の対象にするのである。そういうあり方は都市生活によって生ずる。いうならば、宮廷で働く人々、寺で働く人々、その人々に仕える人々、そしてそれらの人々の家族、食品などの生活品を商う人々、家具、調度などを作る人々など、さまざまな人々が暮らす空間である都市が成立してくることによって、それぞれの違いが意識され、個別的な生活の場面に関心が向かうのである。

この妻の死を嘆く歌が人麿の体験であってもかまわない。それが歌として表出されたとき、作者の固有の嘆きのレベルで表現されているならば、他の人にはわからない。すぐれた文学は固有な体験でも、それを普遍的なレベルにもっていっている。人麿の歌がすぐれたものならば、妻を亡くした嘆きが人麿個人を超えるものとして表現されていなければならないから、実際のことだろうとそうでなかろうとかまわないし、またどちらか判断できないし、してみることにたいした意味はないのだ。

2　人麿の妻

人麿の妻は他にも登場する。「柿本朝臣人麿の石見国より妻に別れて上り来し時の歌」（巻二・一三一～九）があり、それに応ずるとみていい、「柿本朝臣人麿の妻依羅《よさみ》娘子《をとめ》の人麿と相別れたる歌」（巻二・一四〇）がある。妻の名が出ている。この依羅娘子は、人麿が石見で亡くなる際にも、「柿本朝臣人麿の死《みまか》りし時に、妻の依羅娘子の作れる歌」（巻二・二二四、五）がある。

妻と別れる歌

石見から妻と別れて上京した歌も、長歌と反歌二首の組で二組ある。

（C）石見の海　角《つの》の浦廻《うらみ》を　浦なしと　人こそ見らめ
潟なしと　人こそ見らめ　よしゑやし　浦はなくとも　よ
しゑやし　潟はなくとも　鯨魚《いなさ》取り　海辺を指して　にき
たつの　荒礒の上に　か青なる　玉藻沖つ藻　朝はふる
風こそ寄せめ　夕はふる　浪こそ来寄せ　浪の共《むた》　か寄り
かく寄る　玉藻なす　寄り寝し妹を　露下の置きてし来れ
ば　この道の　八十隈《やそくま》ごとに　万《よろづ》たび　かへり見すれど

依羅娘子像

歌碑

(石見のや高角山乃木のまよりわかふる袖を妹みつらむか)

いや遠に　里は放《さか》りぬ　いや高に　山も越え来ぬ　夏草の思ひ萎《しな》えて　偲《しの》ふらむ　妹が門見む　靡けこの山　（巻二・一三一）

反歌二首

石見のや高角山の木の際《ま》よりわが振る袖を妹見つらむか

（巻二・一三二）

小竹《ささ》の葉はみ山もさやにさやげどもわれは妹思ふ別れ来ぬれば　（巻二・一三三）

〔石見の海の角の浦を、いい浦がないと人は見るだろう、いい干潟はないと人は見るだろう、たとえいい浦はなくても、いい干潟はなくても、（鯨魚取り）海辺をさして、（にぎたづの）荒礒の上に青々とした美しい藻、沖の藻を、朝にいっぱい風で寄せ、夕にいっぱい浪で寄せ、浪と一緒にこのように寄せて来る美しい藻のように、寄って来て共寝したいとしい人を、（露霜の）置いて来ると、この道のたくさんの曲がり角ごとに、何回も振り返ってみるのだが、どんどん遠く里は離れてしまった。ますます高く山も越えてしまった。（夏草の）心も萎れて、私を思っているだろういとしい人の家を見たい。靡け、この山よ

反歌二首

石見の高角山の木々の間から私が振る袖をいとしい人は見ただろうか
小竹の葉は山全体をざわつかせているが、私はいとしい人を思う。別れて来たので〕

（D）つのさはふ　石見の海の　言《こと》さへく　韓《から》の崎なる　海石《いくり》にそ　深海松《ふかみる》生ふる　荒磯《ありそ》にそ　玉藻は生ふる　玉藻なす　靡き寝し児を　深海松の　深めて思へど　さ寝し夜は　いくだもあらず　這ふ蔦の　別れし来れば　肝《きも》向かふ　心を痛み　思ひつつ　かへりみすれど　大船の　渡の山の　黄葉《もみちば》の　散りの乱《まが》ひに　妹が袖　さやにも見えず　嬬隠《つまごも》る　屋上《やがみ》の山の　雲間より　渡らふ月の　惜しけども　隠ろひ来れば　天つたふ　入り日さしぬれ　大夫《ますらを》と　思へるわれも　敷栲の　衣の袖は　通りて濡れぬ　（巻二・一三五）

反歌二首

青駒の足掻《あがき》を早み雲居《くもゐ》にそ妹があたりを過ぎて来にける　（巻二・一三六）

秋山に落つる黄葉しましくはな散り乱《まが》ひそ妹があたり見む　（巻二・一三七）

〔（つのさはふ）石見の海の、（言さへく）韓の崎にある海石にこそ深海松は生えている、荒磯にこそ美しい藻は生えている、美しい藻のように靡いてきたいとしい人を、（深海松の）深く思ったが、満ち足

島の星山（高角山）

りた共寝をした夜は幾夜もなく、（這ぬ蔦の）別れて来たので、（肝向かふ）心があまりに痛いので、思いながら振り返っても、（大船の）渡の山の紅葉の散り乱れるなかに、いとしい人が袖を振るのもはっきり見えず、（孀隠る）屋上の山の雲の間から渡る月の惜しいように、隠れてしまったので、（天つたふ）入り日がさしてくると、雄々しい男だと思っている私も、（敷栲の）衣の袖は泪が通って濡れてしまった。

反歌二首

青駒の足の歩みが早いので、雲のいるはるか遠くにいとしい人の家のあたりを過ぎて来てしまった

秋の山に散る黄葉よ、しばらくは散り乱れないでくれ。いとしい人の家のあたりを見たい」

妻を亡くした長歌と短歌が二組あったことと思い合わせられて、この二組も、二つの場合を想定しているかもしれない。ただ、この二組は同じケースを詠んでいて、違いは、寄り添ってくるいとしい人の比喩である「玉藻」を導き出すまでの過程にあり、内容的に変わりないといっていい。(C)は「玉藻」を導くのに、石見の海にはいい港がないことを述べて、しかし沖から風や波で寄せられてくる玉藻というように、一見繋がらないように見える表出をしている。しかも玉藻が導き出されるまでで半分以上の句を費やしている。つまり「玉藻」に大きな意味を与えているはずである。いい港がないというのは、未開の像を与える。そして沖の藻があるから、「玉藻」は遠い異郷から寄

せられてくる強い霊力をもったものという像になる。女が自分に寄ってきて共寝をしたことが二人の意志を超えた、いわば荒々しい不可思議なものとして像を結ぶに違いない。そういう女だから、引き寄せる力が強く、離れがたく、「靡け、この山」という荒々しく強い結びになるのだと思われる。

（D）は、「言さへく　韓の崎」という言い方でやはり異郷と向き合っている場所をイメージさせ、その海中の「深海松」と、（C）が沖とした像を海中深くに求めて、玉藻を導いていっている。「深海松」は「深めて思へど」を導く序詞のような働きも担わされている。しかし、（C）より軽くなっていて、別れて来た嘆きを中心にし、涙がしきりに流れるという詠み手の像を浮き立たせる方向で表出されている。

しかし、（C）は女が「寄る」を導くのに多く言葉が費やされ、意味的には成功した歌とは言い難い。読み上げてみると調子がよく、いわば声調に重点をおいたものに思える。（D）も同様で、内容のリアリティがあまり感じられない。

その理由は二組目に「いくだもあらず」とあり、石見で出会った女である妻と過ごした時間がわずかなもので、別れの感情にリアリティがあまりないからに違いない。こういう歌を読んでいると、やはり地方で出会った女と別れるという物語を歌にしてみるという、人麿の語り手としての役割を思わずにはいられない。

この（C）（D）も二組である。このように二組があることで、人麿がいろいろの表現を試みようとしていたことがわかる。

いや、そうでなくてもかまわない。石見に行ったということは具体的に場所が示されているから確かだとしておこう。だからといって、実際に親しくなった女がいなくてもいい。また一夜共寝しただけの女でもいい。そうであっても、こう詠むものなのである。そういう歌を作るのが人麿であった。

死に臨んで

人麿と石見の関係はこの妻と別れる歌によって、人麿が石見出身とされたり、石見に亡くなったりとされることにつながる。巻二の挽歌に人麿の歌がある。

鴨山

柿本朝臣人麿の石見国にありて臨死《みまか》らむとせし時、自ら傷《いた》みて作れる歌

鴨山の岩根し枕けるわれをかも知らにと妹が待ちつつあるらむ　（巻二・二二三）

〔鴨山の岩を枕として横たわる私のことを知らないで、いとしい人は待ち続けているのだろうか〕

この歌の後に、

柿本朝臣人麿の死《みまか》りし時に、妻の依羅《よさみ》娘子の作れる歌二首

今日今日とわが待つ君は石川の峡《かひ》に交じりてありといはずやも　（巻二・二二四）
直《ただ》の逢ひは逢ひかつましじ石川に雲立ち渡れ見つつ偲はむ　（巻二・二二五）
〔今日か今日かと私が待つあなたは石川の峡に紛れ込んだというではないか
直接逢うことはもうできないだろう。石川に雲が立ち渡ってくれ、見ながら偲ぼう〕

と、妻の依羅娘子の歌が載せられている。この依羅娘子は、先に引いた（A）（B）の組の直後に、

柿本朝臣人麿の妻依羅娘子の人麿と相別れたる歌
な思ひと君は言へども逢はむ時何時と知りてかわが恋ひずあらむ　（巻二・一四〇）
〔思うなとあなたはいうが、何時逢えると知って、恋さずにいられよう〕

と続けて載せられており、内容も人麿の歌に呼応しているから、石見の妻に当たると考えるのが自然である。とすると、人麿が亡くなったとき、やはり妻は石見にいたと考えられる。しかし、この二首は遠く離れてうたっているものである。依羅という名も地名と考えれば、現在の大阪にあるものだから、そこの出身の女になり、やはり石見からは遠く離れている。とすると、「な思ひそ」の歌は別の場面の歌を、同じような状況ということでここに置いたと考えることができる。そうすると、石見の妻は依羅娘子ではないことになる。

つまり、人麿の妻についても事実はわからないといえる。これらの意味しているところは、人麿についての題詞は事実とみなすことは危ないということである。

これまで人麿はこういう物語を作ったというように考えてきたことからいえば、人麿は、死に臨んだ場合はこういう歌を詠むということで作ったかもしれない。それが人麿の人生に投影されて、人麿の実人生として読まれてきたのである。『万葉集』の題詞自体がそうなっている。『万葉集』が最初に編まれたとき、すでに人麿は伝説化されていたのである。

ここからも物語の語り手という人麿の像が浮かぶ。

恋の歌　人麿には恋歌は少ない。次に引く二組のように、「人麿の歌四首」とまとめられて並べられており、「覊旅歌八首」と通じる扱いになっている。

柿本朝臣人麿の歌四首

み熊野の浦の浜木綿百重なす心は思《も》へど直に逢はぬかも　（巻四・四九六）
〔（み熊野の浦の浜木綿）幾重にも心に想っても直接逢うことのできないことよ〕
古にありけむ人もわがごとか妹に恋ひつつ寝《い》ねかてにする　（巻四・四九七）
〔昔にいたような人も私のように、いとしい人を恋して眠れなかったのだろうか〕
今のみの行事《わざ》にはあらず古の人そまさりて哭《ね》にさへ泣きし　（巻四・四九八）
〔今だけのことではない、昔の人だって、私以上に声に出して泣いたのだった〕

百重にも来及《い》かぬかもと思へかも君が使の見れど飽かざらむ　（巻四・四九九）

〔何どでも来て欲しいと思うからか、あなたの使を見ても飽きないことよ〕

　　柿本朝臣人麿の歌三首

未通女《をとめ》等《ら》が袖布留山《そでふるやま》の瑞垣《みづがき》の久しき時ゆ思ひきわれは　（巻四・五〇一）

〔（未通女らが袖振る山の瑞垣の）長くずっと思ってきたことだ、私は〕

夏野行く牡鹿《をしか》の角の束《つか》の間も妹が心を忘れて思へや　（巻四・五〇二）

〔（夏野行く牡鹿の角の）短い間でもいとしい人の心を忘れることがあろうか〕

珠衣《たまきぬ》のさゐさゐしづみ家の妹にもの言はず来て思ひかねつも　（巻四・五〇三）

〔（美しい衣のさやさやとしなだれる）沈んだ心で家のいとしい人に何も言わず出てきて、もの思いすることよ〕

　　柿本朝臣人麿の妻の歌一首

君が家にわがすみ坂の家道をも吾は忘れじ命死なずは　（巻四・五〇四）

〔（あなたの家に）住み坂の家に行く道を私は忘れない、生きている限り〕

特徴的な序詞

　これらの歌で目立つのは、一首目の「み熊野の浦の浜木綿」、五首目の「未進女等の袖布留山の瑞垣」、六首目の「夏野行く牡鹿の角の」、七首目の「珠衣さゐそゐしづみ」、八首目の「君が家にわが」と序詞である。

『万葉集』歌の中心的な技法は枕詞と序詞である。序詞は、巻二「相聞」からみられる。仁徳の皇后磐の姫の歌とされる、

秋の田の穂の上に霧《きら》ふ朝霞何処《いつ》辺《へ》の方にわが恋止まむ　（巻二・八八）

〔（秋の田の穂の上に霧ふ朝霞）どの方に私の恋心は止むことがあるのだろうか〕

から始まり、

み薦刈る信濃の真弓わが引かば貴人《うまひと》さびて否《いな》といはなくに　（巻二・九六）

〔（み薦刈る信濃の真弓）私が引いたならば、上品ぶって嫌だとおっしゃるでしょうか〕

というように、人麿以前からある。相聞は個別的な心の表現である。個別的な心の表現を普遍化するためには、自然の事象をあげて、それと対応する心を詠むという方法が必要だったと思えばいい。

多様化する表現　人麿は相聞歌においてその方法を用いている。そして、「未通女等が袖布留山」というような新しい序詞を作り出した。「未通女等が袖振る」という文脈と、「ふる山」という固有名詞が「ふる」において重ねられることで、掛詞のような働きをしているのである。二句目の途中までが序詞という使い方である。その序詞のなかでさらに「未通女等が袖」が「ふる山」を喚び起こす枕詞のような働きになっている。

「珠衣のさゐさゐしずみ」も似通った方法で、短歌の表現を多様にする可能性を拓いたといっていい。

これらも、人麿の実際の恋を詠んだものかわからない。「人麿の妻」の歌も添えられているから、人々をたのしませるためのものかもしれない。というのは、この「人麿の妻」の歌も、「未通女等が袖布留山」と同じ方法である。たぶん人麿が始めた方法と思う。

この歌は、「君」は『万葉集』では男だから、女が男の家に通うことになってしまい、おかしい。「君が家にわが住む」が「住み坂」という地名を喚び起こす序詞で、意味を与えなければいい。それでは、「わがすみ坂」と「吾は忘れじ」と「わ(れ)」が二回使われ、最初は男、二つ目は女となってしまう。その意味でもこの歌はおかしなものといえる。しかし人麿の序詞の特徴がよく出ている。主語の「わ(れ)」が二つということは二つの物語があることになる。それは序詞が叙述する文体であることが必然的にもたらすのである。

このような地名を喚び起こす序詞については先に、都の言葉で土地を覆うという働きをもつと述べた。このように多く見出せるから、人麿の旅がそういう役割を果たしていたことが考えられるのである。地方の土地の伝承とは違う、誰にでも分かる物語を地名に付与していったのである。

この二組はそれぞれが一連のものと見ていいだろうが、恋の歌は状況、場面に応じて詠まれるものだから、並べられているのはおかしい。後で人麿の歌とされたと考えられる。この巻の編纂時に、「柿本朝臣人麿歌集」があり、そこから取ったのかもしれない。

3　旅と死

人麿が石見で死んだという伝説はどうして成立したのだろうか。これは旅で死ぬ、客死の伝説である。そこで、人麿の旅の死者の歌を見てみる。

讃岐の狭岑島《さみね》に、石《いは》の中に死《みまか》れる人を見て、柿本朝臣人麿の作れる歌一首

玉藻よし　讃岐の国は　国からか　見れども飽かぬ　神からか　ここだ貴《たふと》き　天地《あめつち》の　日月とともに　満《た》り行かむ　神の御面《みおも》と　継ぎ来《きた》る　中の港ゆ　船浮けて　わが漕ぎ来れば　時つ風　雲居に吹くに　沖見れば　とゐ波立ち　辺《へ》見れば　白波騒く　鯨魚《いさな》取り　海を恐《かしこ》み　行く船の　楫引き折りて　をちこちの　島は多けど　名くはし　狭岑《さみね》の島の　荒礒面《ありそも》に　廬《いほ》りて見れば　波の音《と》の　繁き浜辺を　敷栲の　枕になして　荒床に　自伏《ころふ》す君が　家知らず　行きても告げむ　妻知らば　来も問はましを　玉鉾の　道だに知らず　おぼぼしく　待ちか恋ふらむ　愛《は》しき妻らは

（巻二・二二〇）

反歌二首

妻もあらば摘みて食《た》げまし佐美の山野の上《へ》のうはぎ過ぎにけらずや　（巻二・二二一）

沖つ波来寄る荒礒を敷栲の枕とまきて寝《な》せる君かも　（巻二・二二二）

〔（玉藻よし）讃岐の国は国の成り立ちからか、見ても飽きない。神ゆえかこんなに尊い。天地や月日ともに満ち足りて行くだろう神の御顔として受け継いできた中の港から船を浮かべて、私が漕ぎ出して来ると、潮時の風が雲のほうに吹くので、沖を見ると波がうねり、海辺を見ると白波がざわついている。（鯨魚取り）海が畏れ多いので、進む船の楫を止めて、あちこちに島は多くあるけれど、名もすぐれている狭峯の島の荒礒の上に庵を作って見ると、波の音が激しい浜辺を（敷栲の）枕として荒々しい床に倒れ伏しているあなたの家を知っていれば行って知らせよう。妻が知ったならば来て言葉をかけようものを。（玉鉾の）道さえもわからず、おぼつかなく、恋い待っているだろう、いとしい妻たちは。

反歌

妻もいたならば摘んで食べたことだろう、佐美の山の野のうわぎは時節が過ぎてしまったではないか

沖の白波が寄せてくる荒礒を枕にして横たわるあなただよ〕

『古事記』の国生み神話に四国を「この島は身一つにして面四つあり」とあることと、長歌の「神の御面」は関係する。『古事記』はまだ書かれていないが、序文に、天武天皇の時代に稗田阿礼に「帝皇の日嗣及び先代の旧辞」を「誦習」させたとあり、人麿はその詞章を知っていた可能性を思わせる。「吉野行幸従駕歌」にもそう見ることができるところがあった。

この場合は四国のことで、民間に伝えられてきている神話とは思えないから、人麿は直接稗田阿礼

のような「誦習」する者たちとかかわっている可能性がある。もしかしたら、各所の神話伝承を伝えていた者たちが集められており、そういう者たちの一人だったか、もしくは交流する場があり、そこに出入りしていたのではないか。

行路死人歌

この歌は旅で行き倒れの身元不明の死者に出会った時の歌である。まず国を讃め、その国の港から船出したが、海が荒れていて、狭峯の島に避難して出会った死者というように、死者に出会うまで、「廬りて見れば」までに全四五句のうち三〇句を費やしている。表現の様式としては巡行叙事（古橋『古代和歌の発生』）に当たり、旅の途次に見出されたものを讃め称えることになる。つまり、巡行叙事の様式によって、讃め称えられた地の死者に価値を与えていることになる。もちろん鎮魂のためである。

そして、「波の音の　繁き浜辺に　自伏す君」と死者を具体的に叙述し、「家知らば　行きても告げむ」と家も名もわからない現在の状況と、わかるなら家に知らせるという鎮魂のあり方を述べ、その仮定の結果として妻が来て言葉をかけるさまを想定し、何も知らず妻たちはお前を待ち焦がれているだろうと現在の家郷の側を推定して結んでいる。

旅先で身元不明の死者に出会ったことを詠む歌を「行路死人歌」と呼んでいるが、この歌い方は類型をなしているといっていい。

国にあらば　父とり見まし　家にあらば　母とり見まし　（巻五・八八六）

国問へど　国をも告《の》らず　家問へど　家をも言はず（巻九・一八〇〇）

というように、家にいたならばという仮定と、死者に身元を尋ねるが答えないという現状を詠むのである。これは、行路死人に対する鎮魂歌のはずである。家にいればという仮定は歌でそういう状況を表現することで、目の前の死者に家にいる状態を現出させ、鎮魂するということだろう（古橋、前掲書）。

この類型は、

上宮聖徳皇子の竹原井に出遊《いでま》しし時に、龍田山の死《みまか》れる人を見て悲傷《かなし》びて作りませる歌一首

家にあらば妹が手まかむ草枕旅に臥《こや》せるこの旅人あはれ（巻三・四一五）

〔家にいたならば、いとしい人の手をまくらとしているだろう。（草枕）旅に倒れ伏しているこの旅人よ、ああ〕

が最初となる。

聖徳太子伝承

聖徳太子のこの歌については、『日本書紀』推古天皇二一年一二月条に、聖徳太子が片岡で飢えた人に出会い、着る物、食べる物を与え、

しなてる　片岡山に　飯《いい》に飢て　臥《こや》せる　そのたひとあはれ　親なしに　汝生《なれあ》れけめや　さす竹の　君はや無き　飯に飢て　臥せる　そのたひとあはれ

という歌を作ったという記載がある。この歌の「たひと」は田人つまり農民という解釈がある。本来は「たひと」で、『万葉集』で「旅人」になったというのである。田人なら仁徳天皇のような民を思う善政の伝承になるが、この「たひと」は亡くなって埋葬されるが、姿が見えなくなり、凡人には「聖」だったとわかる話になる。ちなみにこの話は『日本国現報善悪霊異記』にも載せられている。聖徳太子が「聖」であり、聖はどんなに身をやつしていても聖が見抜けるという話である。

聖ということなら、農夫より、汚い姿をしてさすらっている旅人のほうがいい。元から旅人であった可能性はあると思う。

この話も歌も、『日本書紀』が編まれる八世紀初め以前には、聖徳太子が伝承の人物になっていることを示している。そして、行路死人歌の起源が聖徳太子になったのである。

人麿もこの種の歌を作っている。

柿本朝臣人麿の香具山の屍を見て、悲慟《かなし》びて作れる歌一首

草枕旅の宿りに誰が夫《つま》か国忘れたる家待たまくに　（巻三・四二六）

先に一部を引いた「国」と「家」を対にし、死者が故郷（国）の家にいたらという仮定をすることで、死者を悼む型の歌である。この型の最初はこの歌で、人麿が作ったものと思われる。第三章で、旅の歌の様式を作ったのは人麿だと述べたのと通じている。行路死人歌も旅の歌である。

旅の歌は古代国家が確立していく過程で、都の者が地方に旅することが起こり、必要になった。この行路死人歌も、そういうなかで、行き倒れの死者に出会うことがあり、要求されたのである。

行路死人への鎮魂

反歌の二首目は、荒涼とした浜辺に横たわる死者を思い浮かべさせる。しかし、そういう光景を見たら、旅をしている者の魂も萎んでしまわないだろうか。われわれの社会よりずっと霊魂に価値を置く社会である。したがって、この歌は別の読みを要求する。「荒礒」は、単に波が荒々しい姿を見せる礒だが、アラは現れる、新たのアラである。荒礒は海の霊力が現れる場所、最初に現れる場所である。いうならば神聖な場所なのだ。したがって、そこに横たわる死者は異郷との境界におり、異郷の霊力を身に浴びていることになるだろう（古橋、前掲書）。そう叙述することで、死者の魂を鎮めているのではないか。

『日本国現報善悪霊異記』下巻「髑髏《ひとかしら》の目の穴の笋《たかんな》を掲《ぬ》き脱《はな》ちて、以て祈《ねが》ひて霊《くす》しき表《しるし》を示し縁弟二十七」に、市に正月の買い物に行く途中で日が暮れ、休んだ側にあった髑髏を供養して利を得る話がある。これも、いわば旅で身元不明の死者に出会った話である。『日本国現報善悪霊異記』下巻の成立は九世紀初めになるから、一〇〇年ほど後の話になるが、旅の途中で出会った死者を供養するという基本的な考え方は変わらないはずである。供養つまり鎮魂することで利を得るというように語られている部分は内容が具体的ではなく、心のレベルになる。いうならば、死者は鎮魂する側の魂をむしろ活性化させるものでなければならない。歌によって死者を叙述することで悼み、悼むことで死者に守られるという構造があるはずである。

しかし、歌の表現はあくまで死者の現在のさまの叙述である。それゆえあわれな情景が浮かぶ。そしてそれが旅の情緒であるかのように働くことになるのである。その両面を読まなければ、古代の歌を読んだとはいえない。

人麿の死

前に引いた歌は讃岐の狭峯の島に荒天のため寄って、その荒礒の死者を鎮魂した歌というだけで、この旅がどこへ向かうものだったかわからない。近江の歌もそうだ。「羈旅歌八首」も瀬戸内海の船旅でどこへ向かったか、どういう旅だったかはわからない。それゆえ、この八首は、西国への船旅の明石海峡まで、そして帰りの明石海峡からの歌のモデルを示したものではないかと述べた。

人麿の歌はそのように、こういう場合はこういう歌を、というようなモデルになったようだ。人麿がそういうことを意識して作ったことも考えられる。どちらにしろ、人麿の歌がそういうものとみなされていたことは確かかと思う。そのように作って人々に示す役割を担っていたのではないか。

その意味で、人麿の臨死の歌も、実際のことといっていいかわからない。もし実際のこととしても、誰がこの歌を伝えたのだろうか。そして、人麿の死を悼む妻の歌も、伝えたのは誰なのだろうか。先に述べた「人麿の妻」への疑問などから、人麿の死については、人麿が物語を作り、それが伝承になっていったと思える。

この臨死の歌は巻二に載せられている。巻二は早い時期に編まれたはずで、最後から三首目の歌は霊亀三年（七一五年）に作られている。人麿が藤原京の時代（六九四〜七一〇年）には生きていたとすると、二〇年も経っていないから、人麿が都か大和で死んでいれば、そういう伝承は生まれないだろう。そうすると、旅先で亡くなった可能性が高い。

伝承なら、人麿はどういうところで死に、どういう歌を作るかという人々の共通の像があるはずである。その像が石見で死んだというものだったといっていい。それはまず、石見の妻に別れた歌があるからとはいえる。しかしその歌からは人麿が石見出身とは思えない。したがって、石見に旅しているということになる。しかも、石見の旅の歌があるように、旅の歌が比較的多く残されている。そこで、旅先で死んだという物語が生まれる可能性がある。石見は、人麿の長歌にあったように、境界の、いわば果ての国である。旅で死んだという伝承の場所としてふさわしい。

しかし、先に巻二の編まれた時期からあまり時間が経ってない時期といったが、同じ理由で、人麿が死んだ場所が違っているのもおかしい気がする。そうすると、考えられるのは、先に述べた、人麿自身が自分が死に臨んだ場合の物語を語った可能性である。

人麿は死に臨んで「自ら傷みて」歌を作ったという。挽歌の最初である有間皇子の歌にも、「自ら傷みて松が枝を結びて作れる歌」（巻二・一四一、二）とあった。歌自体は、

磐代《いはしろ》の浜松が枝を引き結び真幸《まさき》くあらばまた還《かへ》り見む
家にあれば笥《け》に盛る飯《いひ》を草枕旅にしあれば椎の葉に盛る

と、旅の安全を願う歌と、旅の辛さを詠む歌で、死を意識してのものとは思えない。この「自傷」という言い方は当事者のものではなく、この歌を伝えている語り手が、歌に臨死に当たっての心を際だたせる働きを期待したものと考えられる。

人麿の場合、この「自傷」はいかにも語り手としての人麿らしくみえる。それでも気になるのは、誰が人麿の語りを伝えるかである。

4　語り手としての人麿

前近代の作家

人麿はむしろ物語の作り手であった。語り手といったほうがいいかもしれない。どちらも同じである。作った物語は語られない限り伝えられないからである。書き手ではないからだ。近代社会のなかで、固有の内面をもつ創作者としての人麿像が作られた。口誦の作品は伝えられていくなかで必ず変化していく。作り手自体がそう考えているから、自分の作ったものが固有のものなどとは考えていない。創作者と考えれば、人麿の歌に多く見られる歌句の異伝を推敲とみなし、また用字もそう見られることになる。

それを否定する絶対的な論証はできそうにない。それゆえいまだにそういう論が横行している。文字で読み、歌として読んでいるからだ。

私は、もしそういう社会なら類歌だらけの『万葉集』は否定的にみなければならなくなるはずだと思い、古代ではわれわれと異なる文学観をもっていたと考えるようになった。

人麿の歌を近代の創作の概念で考えない研究者も増えた。しかし歌と物語については従来と変わりない。平安以降の歌はいわゆる抒情歌が主流であるということから、『万葉集』の歌もそうみている。和歌が短詩型であることとかかわって抒情的であることは確かである。

この抒情という捉え方は気分、雰囲気などが重んじられ、歌の評価を曖昧にしてきた。研究者がほとんど文学も歌でさえも批評できないのは、その曖昧さを日本語の文学がそういうものだと思い込み、それ以上追究しないことによっている。この評価は文学、芸術は感じるものだという暗黙の了解に繋がっている。それは当然なのだが、研究者はその感動を分析し、説明する義務を負っている。それは批評だ。

批評の根拠は普遍性に立つことである。普遍性とは、時代や社会、そしてジャンルの個別性を認め、抱えつつ、それを超えるところまで思考を延ばしていくことによって獲得される。

古代は遠い時代だ。普遍性に立つためには、世界的な古代の普遍性、他の時代を見通す普遍性、そして文学の普遍性など、思考を多重にしていくことによってえられる場を自分につくることしかないだろう。

人麿は『万葉集』に歌しか残していないのだから歌人だといっていいのだが、歌を古代のものとみているか、歌人を平安期以降の歌人と同じにみていないか、近代の文学観で考えていないか、など検討していなければなるまい。

歌といったとき、物語と対立的にみていないだろうか。歌と語りの未分化状態があった。平安期の私家集は『伊勢集』『檜垣嫗集』『一条摂政御集』など、物語的なものを含んでいる場合がある。歌と語りが分化しても、境界的なものがあり続けたのである。

『万葉集』でも、歌は何時、何処で、誰が詠んだものかを語る題詞がつけられる。これは歌が表現として自立できない面をもっているといってもいいが、場と切り離せない状態を示している。そこで歌は物語を要求するのだ。それは、石川久美子がいう「歌の語る歴史」(「古代歌謡が語る景行時代の歴史――ヤマトタケルをめぐって」)と通じている。『古事記』の歌はそれ自体歴史を語るものだという捉え方でみている。

人麿の歌は、長歌が叙事的なばかりでなく、先に出雲娘子の挽歌で述べたように、物語を作って、短歌にその一場面を詠むような場合が多々ある。もちろん妻と別れて来た長歌や妻を亡くした泣血哀慟歌なども物語的に作っている。

「羈旅歌八首」は後の人がそういうふうに構成したのではないかと述べたが、瀬戸内海を航行しつつ歌が詠まれていくという構成は、むしろ人麿が物語的に歌を作ると受け取られていたことを示しているように思える。

人麿は語り手だと考えたほうがふさわしい。だからといって、歌作りであることを否定しているのではない。語りが歌でなされたのである。

語りも歌も文学といっておけば、語りや歌にすることで、さまざまなことが表現として特殊化され、人々の想いが表出され、人々に共有できるものになった。人麿は古代国家という新しい社会において、新しく抱かれる想いを表現していったのである。

このあり方は、山部赤人、高市黒人、田辺福麿、高橋虫麿、笠金村ら、身分が低いか官位制から外れた歌人たちに受け継がれていった。

第五章　「柿本朝臣人麿歌集」とは何か

『万葉集』には「柿本朝臣人麿の歌集に出づ」というような左注を付して載せられている歌が多くある。「柿本朝臣人麿歌集」があったことが分かり、それが『万葉集』の編纂の際の資料になった。しかし、それらはこれまでみてきたような、題詞に人麿が作ったと記されている歌と区別されていると考えるべきだろう。「柿本朝臣人麿の歌集に出づ」とあるだけで、「人麿作」とはしていないのだ。その「柿本朝臣人麿歌集」とは何か、そこからみえる人麿はどういうものかを考えていく。

「柿本朝臣人麿歌集」の初出は、

　大宝元年辛丑、紀伊国に幸しし時に結び松を見たる歌一首〔柿本朝臣人麿歌集の中に出づ〕

後見むと君が結べる磐代の小松がうれをまた見けむかも　（巻二・一四六）

〔後で見ようとあなたが結んだ磐代の小松の枝の先をまた見たのだろうか〕

首目、

である。この歌は、挽歌の最初に置かれている有間皇子の「自ら傷《いた》みて松が枝を結べる歌二首」の一

磐代の浜松が枝を引き結び真幸くあらばまた還り見む　（巻二・一四一）

〔磐代の浜松の枝を結んで、幸運があったらまた見られるだろうか〕

に対して、後に長意吉麿《ながのおきまろ》、山上億良が詠んだ歌に続けて載せられている。

有間皇子は謀反の疑いで斉明天皇四年（六五八年）に殺された。大宝元年（七〇一年）は文武天皇の時代で、事件から四三年後になる。

有間皇子が旅の無事を祈願して枝を結ぶ呪的な行為をした。しかし皇子は亡くなった。そういう場合、祈願した人の魂が松に残ってしまう。それゆえ、そこを通る者はその霊魂の祟りを受ける可能性がある。それで皇子の霊魂を鎮める歌を詠んだ（古橋『古代都市の文芸生活』）。しかし、そういうモチーフだけなら、鎮魂の儀礼でいい。歌は文学として美を求め、情緒を醸すように作られる。この歌の場合、皇子が結んだ松から生まれた小松とすることで、事件以来の長い時間を表現した。

大宝元年には人麿は生きていたから、あるいは人麿の作であってもおかしくない。しかし、人麿作とされていないのは、この歌が人麿の歌ではなかったか、人麿作として確かではなかったかである。

また、「柿本人麿歌集」に入っていても、人麿の歌なら、「人麿作歌」とあってもいい。したがって、

「柿本朝臣人麿歌集」は人麿の歌を集めたものではないと考えられる。少なくともすでに巻一、二編纂の時点で人麿作としては疑われていたことを示している。人麿が集めたと考えられないでもないが、それを「柿本朝臣人麿歌集」というだろうか。もしいうとすると、平安期の私家集とは異なっていることになる。

すると、「柿本朝臣人麿歌集」という名は何を意味するのだろうか。

1　巻九の歌集

人麿以外の歌集

人麿の他に『万葉集』に見える歌集は「笠朝臣金村歌集」「田辺福麿《ささまろ》歌集」と「高橋連虫麿歌集」、そして山上憶良の「類従歌林」である。「類従歌林」は考証や注記が多く、他の四歌集とは性格を異にするので除いて考えると、巻九には、「柿本朝臣人麿歌集」も含め、これらの四歌集すべてが出てくる。

巻九の「挽歌」は一七首の歌を載せるが、最初の五首は「柿本朝臣人麿の歌集に出づ」、次の七首は「田辺福麿の歌集に出づ」、次の五首は「高橋連虫麿の歌集に出づ」と左注に記している。すべて「歌集」によっているわけだ。

これだけでなく、巻九は「右件（一七八三〜九）五首笠朝臣金村の歌の中に出づ」とあり、これも「笠朝臣金村歌集」と考え、さらに「古集」（一七七一、二）の左注もあり、これも古い歌を集めたものとすれば、編纂の際の資料が多く示されていることだけでなく、まとまった歌集からまとめて採っているという、この巻の性格をあらわしていることになる。

巻九の「挽歌」は、「柿本朝臣人麿歌集」のものは短歌だが、「田辺福麿歌集」の歌は「足柄の坂を過ぎて死れる人を見て作れる歌」（一八〇〇）、「葦屋処女《をとめ》の墓を過ぎし時に作れる歌」（一八〇一～三）、「弟の死去《みまか》れるを哀しびて作れる歌」（一八〇四～六）、「高橋虫麿歌集」の歌は「勝鹿《かつしか》の真間娘子《ままのをとめ》を詠める歌」（一八〇七、八）、「菟原処女《うはらをとめ》の墓を見たる歌」（一八〇九～一一）と長歌、あるいは長歌と反歌の組である。「田辺福麿歌集」の弟の死を詠んだ長歌以外、旅先の土地の伝承を詠んでいる。足柄の行路死人を詠む長歌も旅の歌だから、旅の歌が中心といえる。弟の死を悼んだ歌の組は「田辺福麿歌集」としての連続と挽歌であることでここに並べられているとみれば、この巻九の「挽歌」は旅で出会った伝承が中心になっているといえる。

「柿本朝臣人麿歌集」のものも、最初が「宇治若郎子《うぢわきいらつこ》の宮所の歌」「紀伊国にて作れる歌」で、やはり土地の伝承を詠んでいる。したがって、人麿、虫麿、福麿の三歌集の共通性として旅と旅した土地の伝承を詠んでいるということができる。

旅の歌としていえば、「田辺福麿歌集」は巻六に長歌と反歌の組六、全部で二一首の歌が並べて収められているが、「寧楽《なら》の故《ふ》りにし郷《さと》を悲しび作れる歌」（一〇四七～九）、「春の日に三香《みか》の原の荒れたる墟《あと》を悲しび傷《いた》みて作れる歌」（一〇五九～六一）、「敏馬《みぬめ》の浦を過ぎし時に作れる歌」（一〇六二～七）とある三組は旅の歌としていい。他の三組は「久邇の新しき京を讃めたる歌」（一〇五〇～二と一〇五三～八の二組）と「難波の宮にして作れる歌」（一〇六二～四）で、宮讃めの歌である。この巻の「田辺福麿歌集」は、敏馬の一組を除けば宮関係の歌という共通性をもっている。難波の宮もそこに出かけて詠んだとすれば、久邇の宮の二組を除けば旅先のものとなる。久邇京もそうかもしれない。

また「金村歌集」も巻九の雑歌の二組は旅の歌である。

このようにみてくれば、四歌集ともすべて旅の歌をもつという特徴が導ける。しかも旅の長歌をもつという共通性がある。人麿は自身が「近江荒都歌」をもつ。

しかし、「金村歌集」と他の三歌集には明らかな違いがある、これらの三歌集の特徴は旅をし、出会った伝承を詠んでいるということである。

「柿本朝臣人麿歌集」を考える方法として、この同じような特徴をもつことからどのようなことが導けるだろうか。

高橋連虫麿歌集

最も多く伝承の長歌を詠んでいる「高橋連虫麿歌集」をみてみよう。虫麿の名が題詞にあるのは、

「（天平）四年壬申、藤原宇合卿《うまかいのまへつきみ》の西海道節度使《せつどし》に遣《つかは》さえし時に、高橋連虫麿の作れる歌」（巻六・九七一、二）

だけで、他は左注に「高橋連虫麿の歌集に出づ」というように、歌集として名がみえるものである。

つまり虫麿が詠んだ歌として確かなのは巻六の二首一組だけで、三三首は歌集として名が出てくる。

巻三には、「山部宿禰赤人の不尽《ふじ》山を望める歌」（三一七、八）があって、次に「不尽山を詠める歌」（三一九〜二一）があり、その左注に「高橋連虫麿の歌の中に出づ。類を以ちてここに載す」とある。赤人は作者として題詞に名が示されているが、次の歌はもし虫麿であっても記されないで、左注に歌集にあるといっているのである。どうしてこういうことが起こるのだろうか。こういう場合身分差が考えられるが、赤人も身分は分からない。赤人には行幸従駕歌もあり、資料的に確かだが、虫麿は確かではないということだろうか。『万葉集』に歌を選ばれる資料からみれば、赤人にも歌集があってもおかしくないが、『万葉集』に赤人歌集はみえない。したがって『万葉集』に「歌集」とある場合は、われわれの考える個人の歌集とは異なる性格をもつと考えざるをえない。

「高橋連虫麿歌集」は、この例以外は巻九にみえる。特に雑歌では〈一七四八〜六〇〉と〈一七八〇、一〉、挽歌では〈一八〇七〜一八一一〉とまとめられて収められている。『万葉集』は何次にもわたって編まれており、巻による違いがあるが、巻九はこのようなまとめ方など、編集が未整理といってもいいほどである。

雑歌の「高橋連虫麿の歌集に出づ」の題詞は、

上総の周淮《すゑ》の球名娘子を詠める一首（一七三八、九）

水の江の浦島の子を詠める一首（一七四〇、一）

河内の大橋を独り去く娘子《わ》を見たる歌（一七四二、三）
武蔵の小埼《をさき》の沼の鴨を見て作れる歌（一七四四）
那賀郡の曝井《さらしゐ》の歌（一七四五）
手綱《たづな》の浜の歌（一七四六）
春三月に、諸《もろもろ》の卿大夫等《まへつきみたち》の難波に下りし時の歌（一七四七〜五二）
難波に経宿《やど》りて明日《あくるひ》還り来し時の歌（一七五一、二）
検税使大伴卿の筑波山に登りし時の歌（一七五三、四）
霍公鳥《ほととぎす》を詠める歌（一七五五、六）
筑波山に登れる歌（一七五七、八）
筑波嶺に登りて嬥歌会《かがひ》をせし日に作れる歌（一七五九、六〇）
鹿島郡の刈野の橋にして大伴卿に別れたる歌（一七八〇、一）

と、整理すると、〈一七五五、六〉以外は地方のものである。

①一連の最後の〈一七八〇、一〉は離れているからおいておくが、連続して載せられているものは、上総（現在の千葉県）の次の浦島は丹後の伝説、次は河内（現在の大阪府）、次は武蔵以下三つは関東、次は難波が二つ、次は筑波というように、一貫した脈絡がない。これは「高橋連虫麿歌集」をそのま

ま載せたゆえだろう。

②東国のものが七、最後の鹿島を加えると八になり、虫麿は東国を旅したことが知られる。

③東国の旅には大伴卿についていったものがある。

④鹿島で大伴卿に別れているから、その後も旅を続けたと推量できる。

大伴卿が誰かは分からないが、『万葉集』の資料になる歌々が大伴氏の元に伝えられ、『万葉集』の最終的な編纂に繋がっていったことと関係ありそうである。

④からは、誰がという主語がないことで、大伴卿から別れたのは虫麿であるといっていいだろう。そうすると、虫麿はさらに旅をしていることになる。

唯一の確かな例である〈巻六・九七一、二〉に、藤原宇合が西海道節度使として遣わされた時に虫麿が作ったという歌も、「君」といっているのは普通男を送る女の立場からものだが、上司を「君」という場合もあり、旅とかかわっている。節度使だから軍事的な派遣だが、長歌のなかに明確に「旅行く君」とあり、旅としてみているわけだ。虫麿はついていったと思う。

このように旅する歌人がいたことがいえるが、なぜ「歌集」なのだろうか。もちろん巻ごとに違いがあるが、先の巻三の赤人との扱いの違いもあるから、この問いは間違いなく立てられる。

初位という位

ちなみに、『正倉院文書』の「高橋虫麿優婆塞等貢進解」に、「天平十四年十二月十三日少初位《そい》上高橋虫麿貢」という記載があり、この虫麿が同一人物だとすると、下から二番目の官位だったとになる。これは田辺福麻呂が、『万葉集』に「天平二十年春三月二十三日に、左大臣橘家の使者造酒司令史田辺史福麿を守大伴宿禰家持の館に饗す」（巻一八・四〇三二〜五一の題詞）とあり、造酒司令は大初位上に相当するから、虫麿の官位より二階上だが、初位としては同じであることが興味をひく。この使者として、福麿は五首の歌を残している。家持と対等に歌を詠んでいるのだから、歌人として名があったとみていい。福麿は「家令のような立場で橘諸兄の家政機関に所属していたらしい」（多田一臣『万葉集全解　七』）というが、使者として送られたのは歌をよく作るからだろう。でなければ、初位という卑官では家持と釣り合わない。歌をよくすることで身分を超える関係をもつことができたのである。もちろん送る側も、初位という卑官を使者にするのは、歌をよくするからだろう。したがって、福麿は歌人であることで、身分以上の存在だったということが思われる。

この大伴卿と虫麿との関係も、そういうものだったに違いない。都の貴人が地方に赴く際に歌をよくする者を連れて行ったことを思わせる。福麿が越中に遣わせられたことも、地方と歌人という関係を思わせる。そういう歌人は初位という身分を与えられて地方を旅していたのかもしれない。初位でも中央の役人である。地方では権威をもっている。

虫麿といい、福麿といい、ほぼ最下級の官位であるのは、歌によって仕えていた可能性を思わせる。人麿と金村も、官位をもらうことがあったとしたらその程度だったのではないか。平安期の歌人がそれなりの官位をもっていたのと比べられる。

金村歌集の歌の〈巻七・一七八五〜六〉は、虫麿の〈巻六・九七一、二〉と同様に、地方に派遣される男を送る女の歌である。「歌集」をもつ歌人の共通性がここにもみられると思う。

ではなぜかれらは旅したのだろうか。

国庁の官人と歌のやり取りができるということがあっただろう。しかしそれだけではあるまい。かれらの歌をみる限り、地方の伝承を中央に伝える役割をもっていたに違いない。とすれば、歌人はやはり語り手でもあったのである。

虫麿が大伴卿と別れた後も東の国を廻っているのもそういう役割があったからだった。初位という位もそういう役割が課せられていたからと思われる。

2　旅する歌人たち

伝承の主人公を詠む

高橋虫麿、田辺福麿は旅をした歌人といえるだろう。人麿もそうだった。しかし『万葉集』には旅の歌が多数ある。これらの歌集に名を残した歌人たちは旅する土地の伝承を歌にしたり、行路死人歌を詠んだりという特徴をもっている。

「柿本朝臣人麿歌集」の「紀伊国にして作れる歌四首」をみておこう。

黄葉の過ぎにし子等と携はり遊びし礒を見れば悲しも　（巻九・一七九六）
〔（黄葉の）この世を過ぎて行ったあの子と手を取り合って遊んだ礒を見れば悲しいことよ〕

潮気立つ荒礒にはあれど行く水の過ぎにし妹が形見とそ来し（巻九・一七九七）
〔潮気の濃く立つ荒礒ではあるが、（行く水の）この世を過ぎていったいとしい人の思い出のよすがとやってきた〕
古に妹とわが見しぬばたまの黒牛潟を見ればさぶしも（巻九・一七九八）
〔昔いとしい人と私が見た（ぬばたまの）黒牛潟を見れば寂しいことよ〕
玉津島礒の浦廻の真砂《まなご》にもにほひて行かな妹が触れけむ（巻九・一七九九）
〔玉津島の礒の浦の美しい砂に彩られて行こう、いとしい人が触れたことだろう〕

自分の亡くなった恋人をうたっているように見えるが、二首目の「形見とそ来し」、四首目に「妹が触れけむ」とあり、歌の詠み手が旅の途中でやって来た土地を詠んでいることが分かる。したがってこの「妹」はそこで亡くなったという伝承があり、その伝承の主人公であることが分かる。

このような、若くして亡くなった女の伝承の物語を短歌で詠むことについては、第二章の土形娘子、出雲娘子について述べた。

葦屋処女の伝承

巻九の挽歌は、人麿の「紀伊国にして作れる歌四首」次に「田辺福麿歌集」の「足柄の坂を過ぎて死れる人を見て作れる歌」があり、その次が「芦屋処女の墓を過ぎし時に作れる歌」（巻九・一八〇一～三）である。

古《いにしへ》の　ますら壮士《をのこ》の　相競《あひきほ》ひ　妻問しけむ　芦屋の　うなゐ処女《をとめ》の　奥津城《おくつき》を　わが立ち見れば　永き世の　語りにしつつ　後人《のちひと》の　思ひにせむと　玉鉾の　道の辺近く　磐構《いはかま》へ　作れる塚を　天雲の　そくへの限り　この道を　行く人ごとに　行き寄りて　い立ち嘆かひ　ある人は　哭《ね》にも泣きつつ　語り継ぎ　思《しの》ひ継ぎ来る　処女らが　奥津城どころ　われさへに　見れば悲しも　古《いにしへ》思へば

反歌

古の小竹田壮士《しのだをとこ》の妻問ひしうなひ処女の奥津城ぞこれ

語り継ぐからにも幾許《ここだ》恋しきを直目《ただめ》に見けむ古壮士

この長歌は「うなゐ処女」を語り継ぐことをうたう。具体的な内容はうたわれていないが、「ますら壮士の　相競ひ　妻問しけむ」とあることで、男たちが競い合って求愛したことが分かり、その競い合いのなかで、処女は亡くなったらしいと推量できる。「語り継ぐ」ことは死者をいつまでも覚えているということで、死者に対する鎮魂になる。

つまり墓を通りかかった者たちは「うなゐ処女」を思い起こし、偲ぶことでその前を通ることができたわけだ。

ところが、「高橋連虫麿歌集」に、「菟原処女の墓を見たる歌」（巻九・一八〇九～一〇）があり、この「うなゐ処女」の伝承の内容が分かる。長いが、引いてみる。

芦屋《や》の　うなゐ処女の　八歳児《やとせご》の　片生《かたおい》の時ゆ　小放髪《をはなり》に　髪たくまでに　並び居る　家にも見えず　虚木綿《うつゆふ》の　隠《こも》りてませば　見てしかと　悒憤《いぶせ》む時の　垣ほなす　人の誂《と》ふ時　血沼《ちぬ》壮士　うなゐ壮士の　廬屋《ふせや》焼く　すすし競《きほ》ひ　相結婚《あひよば》ひ　しける時は　焼太刀の　手柄《たかみ》押しねり　白檀《しらま》弓《ゆみ》　靫《ゆき》取り負ひて　水に入り　火にも入らむと　立ち向かひ　競《きは》ひし時に　吾妹子が　母に語らく　倭文手纏《しづたまき》　賤《いや》しきわがゆゑ　大夫《ますらを》の　争ふ見れば　生けりとも　逢ふべくあれや　ししくしろ　黄泉《よみ》に待たむと　隠沼《こもりぬ》の　下延《したは》へ置きて　うち嘆き　妹が去《い》ぬれば　血沼壮士　その夜の夢に　見取り続き　追ひ行けば　後れたる　菟原壮士い　天仰ぎ　叫びおらび　足ずりし　牙喫《きか》み建《たけ》びて　如己男《もころを》に　負けてはあらじと　懸佩《かけはき》の　小剣《をだち》取り佩き　冬薮蕷蔦《ところづら》　尋《と》め行きければ　親族《うがら》どち　い行き集ひ　永き代に　標《しるし》にせむと　遠き代に　語り継がむと　処女塚　中に造り置き　壮士塚　此方彼方《こなたかなた》に　造り置ける　故縁《ゆえよし》聞きて　知らねども　新喪《にひも》の如も　哭泣きつるかも

反歌

芦屋のうなゐ処女の奥津城を往《ゆ》き来《く》と見れば哭のみしゆ

墓の上の木の枝《え》靡けり聞きし如血沼壮士にし寄りにけらしも

こちらは、「うなゐ処女」に血沼壮士と菟原壮士が求愛し、二人の争いに、処女が母に、この世でどちらかを選ぶことはできないから、あの世で、といって入水自殺したので、二人も競い合って入水してしまった、という話と、親族が真ん中に処女の、両側に二人の男の墓を造ったこと、それを聞き、自分も大泣きしたとうたっている。この歌によって物語が再現されるのである。伝承は歌によってこそ伝えられた。

この枕詞を多用し、五・七の音数律の整った歌で表現された長歌は、都で成立した歌のスタイルといっていい。「語り継がむ」といっている地元の語りはどういうものだったのかはわからないが、この長歌はいうならば地元の伝承の都の言葉への翻訳である。

この話を地元ではなぜ語り継がねばならないのだろうかという視点を立ててみると、話の意味は想定できる。結婚の禁忌にかかわるものに違いない。血沼壮士に対するもう一人の男は「うなゐ壮士」と呼ばれていることで、「うなゐ処女」と対となっているから、同族か同じ共同体の男女とみていい。むしろこの二人が結婚するのが当然なのである。ところが、反歌の二首目に、女が血沼壮士のほうに靡いているようにうたっているから、同族、村内の男と結婚すべきなのに、そうでない男を恋してしまったと考えることができる。つまりこの話は本来族外婚の禁忌、村外婚の禁忌を語るものとみていい。いうならば、この話によって、族外婚も村外婚をしないように誡めていたのである。

都の言葉で伝承を詠む

しかし「高橋連虫麿歌集」の長歌では、二人の男に恋された女の悲劇になっている。いうならば地元の共同体のもつ意味を変えて恋物語にしてしまったのである。その意味で、翻訳ではなく、翻案といったほうがいいかもしれない。

これが、都の言葉、歌のスタイルで土地の伝承を詠むことだった。いうならば地元の伝承を国家の側の普遍性、この場合でいえば地元の婚姻の禁忌にかかわる伝承をどこの誰でも分かる恋の悲劇の物語にしてしまうこと、そういうレベルに読み替えていくことだったのである。

　旅をする歌人たちがどこまで自覚していたかは問題ではない。結果的に歌人たちはそういう役割をはたすことになった。

　しかし、もちろんこの「高橋連虫麿歌集」の長歌によって、葦屋の「うなゐ処女」は都の人々にも名を残し、われわれまでも知ることになった。

　ついでにいえば、この伝承が後にどう伝えられたかわかる資料がある。『大和物語』百四四段に、摂津の国の女を同じ国の男と和泉の国血沼の男が求婚し、困った女が生田川で入水自殺し、二人の男も入水するという大枠は同じ話である。ただし、死後津の国の男の親が、「同じ国の男をこそ、同じ所にはせめ、異国の人の、いかでかこの国の土をかすべし（同じ国の男をこそ同じ所に埋葬しよう。異国の男にどうしてこの国の土を貸そうか）」といったので、和泉の国の男の親は和泉から土を運んで埋葬したと語り、土地争いが深刻になっていた時代を反映している。

　さらに、この話が絵に描かれ、宇田天皇の後宮で、伊勢を中心にして参加した人々が、絵の人物になって歌を詠んだことが語られる。

　そしてその後、旅人が女を真ん中にして両側に男の塚を築いた「処女塚」のあたりで野宿し、夢うつつの状態でいたところ、争う音がして、血まみれの男が太刀を貸してくれといい、貸すと、しばらくして烈しい争いの音がして、その男が出てきて、長年の恨みをはたしたと語った。朝起きて見ると、塚は血が流れ、血のついた太刀があったという。

二人の男の争いは死後も続いたということだが、単なる恋の争いというより、領地争いがこういう話になったと考えていい。

芦屋処女の伝承の三〇〇年後の姿である。伝承も時代、社会の変化に従い、具体的な場面の語り方が変わっていく。これを「時代の関心」によると私は考えている。

では「田辺福麿歌集」の場合はどうだろうか。長歌では「永き世の　語りにしつつ　後人の　思ひにせむと」といっているが、「うなゐ処女」という名と、妻争いがあったことはわかるが、その伝承の内容はよくわからない。しかし反歌では一首目で小竹田壮士が「うなゐ処女」に求婚したとあり、「芦屋の　うなゐ処女」を争った一人は芦屋ではない男と分かる。そこからやはり村外婚の禁忌を破ったという伝承を想定できないわけではない。

そして都では、この歌を聞けば、あるいは読めば、具体的にどういう話か訊くに違いない。そのようにして、地方の伝承が都に伝えられた。もちろん悲恋物語としてである。

伝承歌の作者

このようにして、地方を旅し、歌を詠んだ歌人たちを位置づけることができる。

しかし「高橋連虫麿の歌集に出づ」であって、虫麿作ではない。先に虫麿は地方の伝承を翻訳したという言い方をした。「芦屋のうなゐ処女」の歌は虫麿が「芦屋のうなゐ処女」の墓を通ったときに、聞いた伝承を翻案しただけで、平安期の物語文学の作者を考えると、虫麿本人が作ったのではないと考えられた可能性を思わせる。

しかしそうとばかりはいえない。山部赤人に、「勝鹿の真間娘子の墓を過ぎし時」に作った歌（巻三・四三二一〜三）がある。

古に　ありけむ人の　倭文幡《しづはた》の　帯解きかへて　伏屋立て　妻問ひしけむ　葛飾の　真間《まま》の手児《てこ》名《な》が　奥つ城を　こことは聞けど　真木の葉や　茂りたるらむ　松の根や　遠く久しき　言《こと》のみも　名のみもわれは　忘れえなくに

反歌

われも見つ人にも告げむ葛飾の真間の手児名の奥つ城処
葛飾の真間の入江にうちなびく玉藻刈りけむ手児名し思ほゆ

この歌は「田辺福麿歌集」の「芦屋うなゐ処女の墓を過ぎし時」に作ったものと題詞も歌のうたい方も同じスタイルのものである。伝承がどんなものか、若い女の恋物語らしいことくらいしかわからない。

真間の手児名の伝承

この葛飾の真間の手児名の伝承についても、「高橋連虫麿歌集」に「勝鹿《かつしか》の娘子《をとめ》を詠める歌」（巻九・一八〇七、八）がある。

鶏《とり》が鳴く　東の国に　古に　ありける事と　今までに　絶えず言ひ来る　勝鹿の　真間の手児名が　麻衣《あさぎぬ》の　青衿《あをくび》着け　直《ひた》さ麻《を》を　裳には織り着て　髪だにも　掻きは梳らず　履《くつ》だにも　穿《は》か

ず行けども　錦綾の　なかにつつめる　斎児《いはひご》も　妹に如《し》かめや　望月の　満《た》れる面《おも》わに　花の如《ごと》
笑《ゑ》みて立てれば　夏虫の　火に入るが如　水門《みなと》入りに　船漕ぐ如く　行きかぐれ　人の言ふ時
いくばくも　生けらじものを　何すとか　身をたな知りて　波の音の　騒ぐ湊の　奥津城に　妹
が臥《こせ》せる　遠き代に　ありける事を　昨日しも　見けむが如も　思ほゆるかも

反歌

勝鹿の真間の井を見れば立ち平《なら》し水汲ましけむ手児名し思ほゆ

この長歌は格別なできごとは語られていないが、手児名は「髪だにも掻きは梳らず　履だにも　穿かず行けども」とあるから、普通の女ではなく、巫女だろうと想像される。「麻衣の　青衿着け　直さ麻を　裳には織り着て」というのも巫女の服装だろう。巫女は神に選ばれた女だから、人と恋してはいけない。そして誰もが魅せられてしまうと語っているから、禁忌の恋をし、入水自殺したという物語である。

したがってこの話を伝えている社会では、巫女は恋をしてはいけないという起源を語る神話とみていい。しかし「高橋連虫麿歌集」では貧しい女の表現になっていると思われる。というのも「錦綾のなかにつつめる　斎児も　妹に如かめや」と裕福な女も手児名にはかなわないと比較しているからである。

「高橋連虫麿歌集」では、まだ巫女の像があるが、赤人の歌では巫女を思わせる句はなく、普通の女の恋物語になっている。やはり「芦屋の　うなゐ処女」の場合と同じことがなされているといえる。地方の伝承が都人にうたわれるとはそういうことだった。

赤人と「田辺福麿歌集」が同じ接し方をしており、伝承の内容がよくわからないのに対して、「高橋連虫麿歌集」の物語がそれなりに推定できるようになっていることの違いはどこにあるのだろうか。赤人や「田辺福麿歌集」は「……の墓を過ぎし時に」作ると共通しているのに対し、「高橋連虫麿歌集」は「勝鹿の真間娘子を詠める歌」「菟原処女の墓を見たる歌」とあることに関係するかもしれない。赤人も「田辺福麿歌集」の詠み手も通りかかって過ぎていくだけなのに対し、「高橋連虫麿歌集」の詠み手は葛飾の真間の手児名の伝承を歌として詠むとし、「菟原処女の墓」を見てというのだから、感慨を覚えて歌を詠んだ。

赤人も福麿も異常死をした死者の墓を通り過ぎるにあたって、その死者の伝承を都の言葉と歌の様式で覆うことをし、その地方性を薄めた。「高橋連虫麿歌集」はそうしながらも、一応物語的に語ることで、地方の伝承を都の人々が享受しえるようにしたのである。

東国と歌人たち

ここで、気になることに触れておきたい。「田辺福麿歌集」、「高橋連虫麿歌集」、そして赤人にも富士山の歌と真間の手児名の歌と、東国の歌がある。「柿本朝臣人麿歌集」にも東国の歌がある。官位不明、というより官位から外れてそれなりの数の歌を残している歌人は人麿、赤人、高市黒人、福麿、虫麿、金村の六人だが、彼らにはすべて旅の歌がある。そして黒人と金村以外、歌集をいれれば四人とも東国の歌があることになる。東国は東歌と名づけられ他と区別される歌があるように、特別な地方だったらしい。

特に赤人の場合、東国を詠んだ歌は富士山と真間の手児名だけで、そこに至る土地の歌がない。近江の歌もない。赤人の歌は西国に片寄っている。赤人はほんとうに東国に行ったのか疑いたくなるほどだ。旅の歌人は東国を詠まなければならないかのようだ。

後に述べるが、人麿も東国に行っていない可能性がある。「柿本朝臣人麿歌集」に東国の歌があるのは、人麿なら行っておかしくないという感じ方があったように思える。

東国をアヅマと呼ぶ。ヤマトタケルが東征を終えて「吾が妻はや」といったからアヅマという言い方ができたという起源譚がある。九州全体をツクシともいうが、築紫が九州の中心だからである。アヅマは違う。ヤマトタケルはアヅマの国造まで任命している。平安期にはアヅマ遊もあった。アヅマは単なる地理概念ではなく、文化概念のようだ（石川久美子「天語歌論」『国語と国文学』）。

私は『万葉集』に東歌があるのは、方言のある地方の象徴としてと考えてきた。しかし今は大和朝廷の神話的な空間認識の問題として考えねばならないと考えるようになっているのである。『古事記』の雄略天皇条にある「天語歌」は天・アヅマ・鄙という空間を語っている。アヅマは鄙ではないわけだ。

短歌の伝承歌

真間の手児名や「うなゐ処女」の歌の反歌は、人麿、「柿本朝臣人麿歌集」が地方の伝承を詠む短歌と似通っている。伝承の物語の一場面を詠む場合には当たり前のことである。

巻九の挽歌の場合、「人麿の歌集に出づ」とあり、「柿本朝臣人麿歌集」も同じに扱われている。短歌も伝承を聞いて作ったと同じように考えることができよう。ただし、短歌の場合、一首一首が伝承の物語の一場面になる。そしてそこに詠み手の想像力が働く。それによって詠み手が作者であるという見方も出てくる。

「柿本朝臣人麿歌集」にはほとんど方言がない。つまり大和の言葉で詠まれている。土地ごとにそうとうの言葉の違いがあったはずなのにである。ということは、「柿本朝臣人麿歌集」は大和の言葉に直している可能性が高い。あるいは、都の人が地方を旅して都の言葉で詠んだか、どちらかである。八世紀前半に『風土記』が編まれたが、その編纂などと同じである。地方の伝承が集められたのだと思われる。中央の形成は地方を作り出すのである。

歌人たちは「……の墓を過ぎたる」とあるように、その伝承を伝える共同体に対して外の者たちである。かれらは方々の伝承を聞き、それを都の言葉と都の歌の様式で詠んで、都に持ち伝えた。虫麿などはそれが仕事の気がする。そうしていけば、またかれらの周辺に伝承が集まってくると考えるのがいいと思う。

3　巻九の伝承歌

歌の特徴

巻九は雄略天皇の歌「夕されば小倉の山に臥す鹿の今夜は鳴かず寝ねにけらしも」（巻九・一六四四）から始まる。巻一と同じである。左注に「或る本に云はく、『岡本天皇の御製』といへり、正指《せいし》を審《つまび》らかにせず。これに因《よ》りて以て累《かさ》ねて載す」とあるように、巻八の「秋の雑歌」の最初に、「岡本天皇の御製歌」として三句が「鳴く鹿は」の形で載せられている。岡本天皇は斉明天皇のことである。

二首目も、

岡本宮に天の下知らしめしし天皇の紀伊国に幸《いでま》しし時の歌二首
妹がためわれ玉拾《ひら》ふ沖辺なる玉寄せ持ち来《こ》沖つ白波　（巻九・一六六五）
朝霧に濡れにし衣干さずして独りか君が山道越ゆらむ　（巻九・一六六六）
右二首は、作者いまだ詳らかならず。

と左注をもち、さらに次の、

大宝元年辛丑の冬十月に、太上天皇《おほきすめらみこと》、大行《さきの》天皇の紀伊国に幸しし時の歌十三首
妹がためわれ玉求む沖辺なる白玉寄せ来沖つ白波　（巻九・一六六七）
右一首は、上に見ゆること既に畢《おは》りぬ。ただ、歌の辞《ことば》小《すこ》しく喚《かは》り、年代相違へり。これに因りて以て累ねて載す。

と、すぐ前の歌を載せている。太上天皇は持統天皇、大行天皇は文武天皇である。このように、巻九は伝えられた資料に基づき編まれているが、その資料の書きとめている伝承に相違がある。したがって、巻九は伝承されてきていて、さまざまな異伝のある歌を載せている巻という性格がありそうである。

伝承歌の詠み手

また、作者が違う場合もある。「川島皇子の意を体して憶良が作歌」（中西進『万葉集』）という論もあるが、素直に伝承の違いと見てよいと思う。

山上の一首
白波の浜松の木の手向草《たむけくさ》幾代までにか年は経ぬらむ　（巻九・一七一六）
右の一首は、或は曰く「川島皇子の作りませる御歌なり」といへり。

しかも、この「山上」は憶良であるかどうかもわからない。次のような例もある。

春日蔵の歌一首

照る月を雲な隠しそ島かげにわが船泊てむ泊《とまり》知らずも　（巻九・一七一九）

右の一首は、或本に云曰く、「小弁の作なり」といへり。或は姓氏《うじ》を記して名号《な》を記すことなく、或は名号を偁《い》ひて姓氏を偁《い》はず、然れども古記に依りて、便ち次《つぎて》を以ちて載す。凡《すべ》てかくの如き類は、下《しも》皆これに放《なら》へ。

と、資料である「古記」の不完備を指摘し、そのまま載せるとしている。

これらが示しているのは、作者と作品の関係の不安定さである。伝承はいつでも揺れている。書き留められることが始まっても、不安定さは残る。この巻はその不安定さをそのまま載せているわけだ。巻九という特殊性があるが、歌集に収められた歌の詠み手は、「高橋連虫麿歌集」、「田辺福麿歌集」は本人だと思われる。にもかかわらず詠み手の名を題詞に出さず、左注に歌集として出しているのは、伝承を詠むのは伝承があるからで、詠み手が作ったと考えられていないからではないかと先に述べた。そしてそういう歌人たちが地方を廻り、伝承を都の言葉、都の歌にしていったことも述べた。

「柿本朝臣人麿歌集」もそういう性格をもつのではないか。しかし「柿本朝臣人麿歌集」は他の歌集と違って、歌集名の歌人が詠んだ歌が集められているとは思えない。それは『万葉集』が編まれた頃、すでに人麿は伝説化されていたということとかかわっている。人麿はすでに個人ではなくなっていたのである。そういうなかでは、多くの歌が人麿という名に引き寄せられてくることになるだろう。

「柿本朝臣人麿歌集」はそういう歌集ではないかと思われる。

4 「柿本朝臣人麿歌集」の地名

仕立て直された歌

旅という観点から「柿本朝臣人麿歌集」の歌が詠まれた場所をみてみる。大和は地元と考えて、他の土地を列挙すると、

東歌（巻一四・三四四一、三四七〇、二四八一、三四九〇）
上野。伊奈良の沼（巻一四・三四一七）
香取の海（巻一一・二四三六）
遠江（巻七・一二九三）
伊勢。度会（巻一二・三一二七）
近江の海（巻一一・二四三五、三九、四〇）
紀伊。盤代（巻二・一四六）、妹兄の山（巻七・一二四七）、黒牛潟（巻九・一七九八）、玉津島（巻九・一七九九）、他二首（一七九六、七）
山城。宇治（巻九・一七九五）、宇治川（巻一一・二四二七、三〇）、鴨川（巻一一・二四三一）、木幡（巻一一・二四二五）

難波。依羅（巻七・一二八七）、住吉（巻七・一二七三〜五）

備後。深津の山（巻一一・二四二三）

備前。能登香の山（巻一一・二四二四）、飽の浦（?・巻七・一一八七）

豊前。企救（巻一二・三一三〇）

となる。けっこう広い範囲に及んでいる。山城から近江は当時のメインルートの一つである。国としては紀伊が多いが、これも南海道の旅が考えられる。そして東国が多い。東歌があるからである。上野の伊奈良の沼も東歌だが、伊奈良の歌は「上野の歌」として分類しているのに、「東歌」としてあげた四首は国名が記されない歌いわゆる「未勘国歌（どこの国のものかわからない歌）」だからである。東歌は国名によって並べられているもの全八九首、そうでないもの全一三六首で、「未勘国歌」のほうが多い。これは東歌が全体的には系統的に集められたものではないことを示している。伊藤博のいうように、多様な集められ方をしたのである（『古代和歌史研究』）。そして「柿本朝臣人麿歌集」も使われたわけだ。

「柿本朝臣人麿歌集」の東歌の他の四首は「未勘国歌」であるわけだが、上野の歌は「上野の伊奈良の沼」と歌に上野という国名が入っているから分類されたと考えられる。つまり「柿本朝臣人麿歌集」には東国の歌が五首あっただけで、その他の情報はなかった。

そのうち、〈巻十四・三四八一〉の、

あり衣のさゑさゑしづみ家の妹に物言はず来にて思ひ苦しも

は、〈巻三・五〇三〉に、

珠衣にさゐさゐしづみ家の妹に物言はず来て思ひかねつも

と、類歌がある。これは題詞に「柿本朝臣人麿の歌三首」とあるうちの三首目の歌で、同一歌と考えれば、人麿の作った歌が東国でうたわれていたことになる。しかも「柿本朝臣人麿歌集」に載っているわけだ。中西進は「人麿歌を防人歌に転用して伝誦」（『万葉集』脚注）としている。人麿のこの歌を防人がうたい、それが東歌に入ったということだが、それでは防人がこの歌を知っていたことになる。もしそのようなことを想定するなら、順序は逆で、東歌としてうたわれ、防人がそれをうたったということだろう。

そういう想定の根拠はこの歌の「さゐさゐしずみ」が調子のよいもので口ずさむに相応しいから、歌謡的にうたわれたということである。その場合、人麿が作ったが、人麿を離れて、うたわれる歌として流布していたことになる。

中西の想定も成り立たないではない。その場合は人麿の歌が無事の帰還をもたらす呪的な歌として流布していたという場合である。先の「羇旅歌八首」と同様にである。家郷の妻への想いを強く詠むことで、妻が旅人の魂を呼び戻してくれると考えられた。

しかし違うように思える。人麿の歌だということが前提になっているが、ともにこの歌が流布していないと成り立たない。逆ではないか。人麿が東国の歌を中央の歌に仕立て直したのではないか。

ま遠くの雲居に見ゆる妹が家にいつか到らむ歩め吾が駒　（巻十四・三四四一）

は、

柿本朝臣人麿の歌集に曰はく、遠くして、又曰はく、歩め黒駒

と左注にある。これは他の資料を中心にして取り、「柿本朝臣人麿歌集」によって補い、比較して「柿本朝臣人麿歌集」の異伝を書き加えたことを示しているが、「柿本朝臣人麿歌集」が東国の歌も収めているということか、あるいは「柿本朝臣人麿歌集」の歌が東国まで流布しているか、どちらかである。

歌集を編む

しかし、人麿が東国に行ったという痕跡はない。確かめるために人麿の歌が作られた土地を見てみる。やはり大和は除くと、

近江（巻一・二九〜三一。巻三・二六六）
石見（巻一・一三一〜九。巻二・二二三）
摂津。御津（巻二・二四九）、敏馬（巻二・二五〇）
淡路。野島の崎（巻二・二五一）、飼飯（巻二・二五六）
播磨。藤江（巻二・二五二）、印南野（巻二・二五三）、加古島（巻二・二六二）、明石（巻二・二五四、二五五）
讃岐、狭岑の島（巻二・二二〇〜二）
築紫（巻三・三〇三、四）
熊野。（巻四・四九六）
山城。宇治（巻三・二六四）

である。むしろ西国に片寄っており、東国へは行っていないと考えたほうがいいようだ。とすると、人麿が行っていないところの歌まで、「柿本朝臣人麿歌集」には入っているということになる。ではどういう人の歌なのか、そして誰が集めたものなのか。どういう人の歌かは、本書では都の歌人が伝承を集め、都の言葉、都の歌の様式で詠んだと分析してきた。問題は誰が集めたかである。

集めたのは虫麿、福麿のような旅する歌人だろう。しかし彼らは彼らの名をもつ歌集として残されている。「柿本朝臣人麿歌集」の場合、そういう特定の個人は考えられない。だとすると、複数の歌人となるが、それならばそういう歌人たちの集めた歌がどうして「柿本朝臣人麿歌集」としてまとめにられたかという疑問が消せない。

歌集が編まれるのは都だろうから、都にそういう部署があればいいのだが、公的な機関ではないと思う。ただ天平八年（七三六年）十二月十二日、「歌儛所《うたまひどころ》の諸の王《おほきみ》、臣下等《おみのこたち》の、葛井連広成《ふぢゐのむらじひろなり》の家に集《つど》ひて宴《うたげ》せる歌」（巻六・一〇一一、二）の序に、

比来《このころ》古儛《こぶ》盛《さかり》に興りて、古歳《こさい》漸《やや》に晩れぬ。理《ことわり》に共に古情を尽して、同《とも》に古歌を唱ふべし、故、此の趣に擬《なぞら》へて、輙《すなは》ち古曲二節を献る。風流意気の士の、儻《も》し此の集《つどひ》の中に在らば、争ひて念《おもひ》を発し、心々に古体に和《こた》へよ。

とあり、古くから伝えられてきた舞が盛んに舞われるようになったので、昔の心をもち古歌をうたえといっている。歌儛所はそういう時代の関心で設けられた。この「風流意気の士」は歌儛所に属する者たちである。かれらは「古体」の歌を作ることもした。こういう者たちの元に古歌は集まってくるだろう。そして歌集を編むことに繋がる。

「柿本朝臣人麿歌集」も、歌儛所といわないが、そういうような場に集められ、書かれていったに違いない。

この天平期はいわゆる万葉三期にあたる。聖武天皇の時代で、歌儛所が設置され、「山部赤人、笠金村、高橋虫麻呂、田辺福麻呂ら天平期の新しい歌人が新しい歌をひっさげて活躍」した（井村哲夫『憶良、虫麻呂と天平歌壇』）といわれる時代である。この期の歌人としてあげられる、虫麿、福麿には歌集があった。

歌の中心として

「柿本朝臣人麿歌集」はそのようにして地方を巡る歌人たちが集めてきた歌を集め書いたものと考えてきた。ただしこれは地方の歌に関してである。実は『万葉集』の「柿本朝臣人麿歌集」は地方の歌でないもののほうが多い。

「柿本朝臣人麿歌集」は、『万葉集』において全三三八首の歌が採られている。最も多いのは巻十一の一六一首、次が巻七と十の五六首、次が巻十二の二九首である。巻十一は「古今相聞往来の類上」で、旋頭歌に一二首、「正述心緒歌」「寄物陳思歌」「問答歌」に一四九首連続してして採られている。旋頭歌では「柿本朝臣人麿歌集」の後に五首が並べられ、「正述心緒歌」以下も「問答歌」の後に「以前の百四十九首は柿本朝臣人麿の歌集に出づ」とあって、その後に「正述心緒歌」「寄物陳思歌」「問答歌」と繰り返され、「譬喩歌」と続く。つまり巻十一はまず「柿本朝臣人麿歌集」を分類し、その分類を他の歌に当て嵌める構成になっているといえる。ということは、巻十一の編纂時点で、人麿は歌の中心的なものと考えられていたことを意味する。

『万葉集』巻十一がいつ頃編まれたかはわからないが、それまでの巻に大伴家持の歌も採られているから、『万葉集』の後期以降であることは間違いない。これは、次章で第二次の人麿伝承と述べることと通じている。後期においても人麿は歌人の中心に置かれていた。家持の大伴池主に贈った歌（巻十七・三九六九〜七二）の序にあたる文に、「幼き年にいまだ山柿の門に逕《いたら》ずして、裁歌の趣は詞を聚林《じゅりん》に失ふ（幼い時から学びながら柿本人麿や山部赤人の道に及ばず、和歌をどのような言葉で作ったらいいか分かりません）」と、人麿に及ばないことを述べている。「山柿」の「柿」は柿本人麿だが、「山」は山部赤人か山上憶良かの二説ある。『古今和歌集』序では人麿と並べられるのは赤人である。

第六章　伝承の歌人

先に人麿が神話に基づいて長歌を作っていることについて、人麿が稗田阿礼などの伝承を伝えている人々と繋がっているのではないかと述べた。それらの人々は『古事記』の編纂のために集められた者たちである。そういう人たちのいる場があったはずである。この場については、渡瀬昌忠が、「川嶋・忍壁皇子両皇子と中臣大嶋、それに人麿らが、皇子草壁皇太子の周辺に、律令選定・修史事業などにかかわって連なっていた」と論じている（『柿本人麻呂研究――島の宮の文学』）。

中臣大嶋は、天武天皇一〇年（六八一年）、草壁皇子立太子の年に「帝紀及上古諸事」の記定、筆録の詔が出されるが、その詔を受けた人々のなかに名のみえる人物である。渡瀬によれば、中臣大嶋は草壁皇子のために粟原寺建立を誓願するなど、草壁皇子に近く、修史事業の実務的役割を果たしていたという。渡瀬は「皇太子の文学」という言い方をしている。

人麿は伝承にかかわっていた。かかわっていただけでなく、伝承から歌の表現を汲み上げ、古代和歌を確立した。しかも古代国家確立期の共同性の表現としての和歌である。当然人麿は後に大きな影響を与えた。

人麿はすでに『万葉集』の時代において伝承的な存在だったらしい。それだけでなく、平安初期には別の人麿の伝承があり、さらに平安後期には信仰の対象になっていたように、人麿は時代の変化にともない異なる像が与えられていく。

なぜそうなったかということが知りたい。そして、そこには人麿をそうさせる何があるのか。それは人麿という存在とどうかかわるのか、などを考えたい。

栗原寺跡

1 『万葉集』における伝承——第一次、第二次人麿伝承

異伝が多い人麿の歌

題詞に人麿とあるものは基本的に人麿が詠んだものという前提によって、人麿を追ってきた。しかし、引用した歌にはそうとう異伝がある。たとえば、人麿作として初めて登場する長歌である「近江の荒れたる都を過ぎし時に、柿本朝臣人麻呂の作れる歌」（巻一・二九～三一）は、

玉襷　畝傍の山の　橿原の　日知の御代ゆ〔或は云はく、宮ゆ〕　生れましし　神のことごと　樛

の木の　いやつぎつぎに　天の下　知らしめししを〔或は云はく、めしける〕天に満つ　大和を過ぎて　青丹よし　奈良山を越え〔或は云はく、空満つ　大和を置きて　青丹よし　奈良山越えて〕いかさまに　思ほしめせか〔或は云はく、おもほしけめか〕天離《あまざか》る　夷《ひな》にはあれど　石走《いはばし》る　淡海の国の　楽浪の　大津の宮に　天の下　知らしめしけむ　天皇の　神の尊の　大宮は　此処と聞けども　大殿は　此処と言へども　春草の　繁く生ひたる　霞立ち　春日の霧れる〔或は云はく、霞立ち　春日か霧れる　夏草の　繁くなりぬる〕ももしきの　大宮処　見れば悲しも〔或は云はく、見ればさぶしも〕

反歌

ささなみの志賀の辛崎幸くあれど大宮人の船待ちかねつ

ささなみの志賀の〔一《ある》は云はく、比良の〕大わだ淀むとも昔の人にまたも逢はめやも〔一は云はく、逢はむと思へや〕

というように、八カ所も異伝がある。また、「柿本朝臣人麿の妻死りし後に泣血ち哀慟みて作れる歌」〈巻二・二〇七〜二一六〉は、〈二一三〜六〉が「或本の歌に曰はく」として載せるものである。

巻一、二の異伝歌の示し方は、長歌においては、「近江荒都歌」のように、歌の途中に挿入する例は人麿以外ない。短歌の場合は、異伝の句があれば人麿も人麿以外も最後に「一に云はく」「或本の歌に曰く」として載せている。長歌は最後にまとめて記すと分かりにくいから、途中に入れているのだろう。他の巻の長歌にはこのような異伝の示し方はしていない。

天智天皇の歌（巻一・二五）は「或本の歌」として語句の違いのある歌（二六）を載せているが、これは「時なくそ　雪は降りける」が「時じくそ　雪は降るとふ」に、という具合に異伝がある句が多いが、「近江荒都歌」の「天に満つ　大和を過ぎて　青丹よし　奈良山を越え」と「空満つ　大和を置きて　青丹よし　奈良山を越え」の違いも同程度だから、人麿の長歌だけが特殊な記し方をしているといっていい。

『万葉集』の後の編集において編者が異伝を書き加えたと考えるのは、他に例がないので違うだろう。すると、第一次編纂時の『万葉集』ですでにこういう書き方をしていたと考えるのがいい。したがって、もっとも古い巻一、二編纂時に既に人麿の歌が多くの異伝をもっていたことを示している。

従来は、人麿自身が書いたと考え、異伝を推敲として価値付けたりしてきたが、人麿を近代の作家と同じにみなす発想でしかない。最近和歌木簡の存在が明らかにされ、その大きさから、儀礼の場で見せるものとしてあったと推定されている（栄原永遠男『万葉歌木簡を追う』）。これは和歌が個人の作品としてよりも、共有されるものであったことを示している。このことは後にふれるとして、今は、特に『万葉集』巻一、二の歌を考える場合、そういう視点を考慮にいれるべきだというくらいにしておく。

伝承のなかにいた人麿

人麿の歌の異伝の多さはすでに『万葉集』の第一次編纂時に人麿自体が伝承の歌人であった可能性を思わせる。それを、人麿伝承の第一次としておこう。

具体的には、人麿の死ぬ前に詠んだとされる「自傷」歌などもその可能性がある。ただ、先に述べたように、題詞に「人麿作」とあるものは人麿自身が作ったものという前提を立てて論じてきているから、「自傷」歌も自分が死ぬという物語を作って詠んだと考えておく。伝承という可能性からいえば、自分の死ではなく、物語の主人公の死でもかまわない。人麿がそういう物語を作り、その歌が伝承されていくなかで人麿の死を詠んだとされていってもおかしくない。『万葉集』の巻一、二編纂時にすでに人麿は伝承のなかにいた。巻二の最も新しい歌は元正天皇の霊亀元年（七一五年）だから、それ以降に編まれたことは間違いない。人麿の詠歌の年がわかっている最後の歌が文武四年（七〇〇年）で、それからまもなく亡くなったとして、人麿死後少なくとも一〇年は経っている。

この時期は『万葉集』が最初に編まれた時期である。人麿が詠んだ歌が記録としてあった。それが公的な記録だったかどうかはわからない。たぶん身分からいって、そうではないだろう。人麿の歌の資料はいくつかあったということは確かである。

そして、おそらく伝承としての人麿とは別に、大伴家持が人麿と山部赤人を歌人として評価して、「山柿の門」（巻一七・三九六九の題詞）、「山柿の泉」（巻一七・三九七三題詞）といっているのは書かれた歌を読むことによってだろう。書かれたものでさえいくつもあったのである。この家持の言い方は平安期に人麿と赤人が評価されるが、その始まりの位置にある。

第一次の『万葉集』が編まれた頃までに人麿の第一次伝承が成立していたとするなら、第二次伝承は、『万葉集』はその最後の歌である大伴家持の天平宝字三年（七五九年）以降に編まれたわけだが、だいたいその編まれた時期あたりまでとしておく。「柿本朝臣人麿歌集」が成立した時期であり、先に述べた『歌経標式』の「柿本若子」が登場する時期である。ほぼ八世紀を考えている。

なぜ、人麿は伝承化されたのだろうか。それは『万葉集』に行事従賀歌、挽歌などの儀礼歌を残していることから考えれば、古代天皇制の確立期に、その王権を讃美する歌を作ったことにあったといえよう。王権と日本の詩である和歌が強く結びつき、人麿はいわば和歌の始祖になっていったのである。「羇旅歌八首」のように、人麿の歌がまとめてセットにされ、旅の歌のモデルになったり、家持の「山柿の門」のような位置づけができていた。一方、人麿の名で歌が集まり、「柿本朝臣人麿歌集」が成立した。

2 『古今和歌集』の人麿――第三次人麿伝承

「ならの帝」と正三位人麿

紀貫之が書いた『古今和歌集』の「仮名序」は、「ならの帝の御時」に正三位柿本人麿がいたとする。そして、山部赤人も同時代の人だったという。

古へよりかく伝はるうちにも、ならの御時よりぞ広まりにけり。かの御時に、正三位柿本人麿なむ歌の聖なりける。これは、君も人も身をば合たりといふなるべし。秋の夕、竜田川に流るる黄葉をば帝の御目らは錦と見給ひ、春の朝、吉野の山の桜は、人麿が心には、雲かとのみなむ見えける。また、山部赤人といふ人あり。歌にあやしく妙なりけり。人麿は赤人が上に立たむことはかたく、赤人は人麿が下に立たむことかたくなむありける。

〔昔からこのように伝わるうちにも、平城天皇の時代よりとりわけ広まったのである。その時代に、正三位柿本人麿は歌の聖であった。この時代は、君も臣下も歌によって身を一つにしてしたといえるだろう。秋の夕べ、竜田川に流れる黄葉を、帝の目には錦と御覧になり、春の朝に吉野の山の霞を、人麿の心には雲とばかり見えた。また、山部赤人という人がいる。歌に不思議なほどすぐれていた。人麿は赤人の上に立ちがたく、赤人は人麿に立ちがたくあった〕

正三位は上流貴族の身分で、そのくらいの階位を得ていたら、人麿は『日本書紀』や『続日本紀』に名を残しているはずであるから、伝承のなかでそうなったということしか考えられない。山部赤人は人麿とはより少し遅れるが、平安期に人麿と同じように評価の高かった万葉の歌人であった。

なぜこういう伝承ができていったかはわからないが、身分制社会において、人麿が正三位という高い階位であったという伝承が、当時の一流の知識人でもある紀貫之によって記されているのはどうしてだろうか。

また、「ならの帝」という言い方は都が平城京である天皇ととるのが普通で、文武天皇、聖武天皇でも成り立つが、素直に受け取れば、桓武天皇の子の、平安京遷都後の二代目の平城天皇である。「真名序」には「昔、平城天子、侍臣に詔して、万葉集を撰ばしむ」とある。平城天皇は平城京に戻ろうとした天皇で、廃位され、平城天皇と呼ばれた。漢籍も読み、『日本書紀』『続日本紀』も読んでいたであろう貫之が、時代を間違えるとは思われない。

そこで、「ならの帝」と人麿のことを語る例をさがすと、『大和物語』百五十段がある。

『大和物語』の人麿

昔、ならの帝《みかど》に仕うまつる采女ありけり。顔容姿《かたち》いみじうきよらにて、人人よばひ、殿上人などもよばひけれど、あはざりけり。そのあはぬ心は、帝をかぎりなくめでたきものになむ思ひ奉りける。帝召してけり。さて後又も召さざりければ、かぎりなく心憂しと思ひけり。夜昼心にかかりておぼえ給ひつつ、恋しくわびしうおぼえ給ひけり。帝は召ししかど、こととしもおぼさず。さすがに常には見え奉る。なを世に経《ふ》まじき心地しければ、夜みそかに猿沢の池に身を投げてけり。かく投げつとも帝はえしろしめざりけるを、ことのついでありて、人の奏しければ、聞こし召してけり。いといたうあはれがり給ひて、池のほとりに大行幸《おほみゆき》し給ひて、人々に歌詠ませ給ふ。

柿本人麿、

わぎもこのねくたれ髪を猿沢の池の玉藻と見るど悲しき

と詠める時に、帝、

猿沢の池もつらしな吾妹子が玉藻かづかば水ぞひまなし

と詠み給ひけり。さてこの池には、墓せさせ給ひてなむ帰らせおはしましけるとなむ。

采女が天皇に恋をし、天皇は召したが、采女のことなど忘れてしまった。これが王者である。王者は忘れても許される存在だった。なぜなら、王者は神の側にいるから、地上の者たちに憧れられる存在であり、地上に憧れることなどないのである。采女は恋し続け、猨沢の池に入水自殺してしまった。それを聞いて、天皇はあわれに思い、池に行幸したという話である。

「猿沢の」の歌は『万葉集』に見えないが、「溺れ死りし出雲娘子を吉野に火葬りし時に柿本朝臣人麿の作れる歌二首」（巻三・四二九、四三〇）の二首目の、

八雲さす出雲の子らが黒髪は吉野の川の沖になづさふ

と関係するに違いない。この人麿の出雲娘子の題詞と歌は、異常な死の鎮魂として、入水自殺を思わせる。先に述べたように、悲恋物語があったと思う。この『大和物語』の話があることによって確かだろう。

『大和物語』は、この百五十段から百五十三段まで、「ならの帝」の話が続く。百五十一段は、

同じ帝、竜田川の紅葉いとおもしきを御覧じける日、人麿、

竜田川紅葉葉《もみじは》流る神なびのみむろの山に時雨降るらし

帝、

竜田川紅葉乱れて流るめり渡らば錦中や絶えなむ

とぞあそばしたりける。

という歌のやり取りで、先に引いた『古今和歌集』「仮名序」と一致する。『大和物語』のほうが成立が新しいが、「仮名序」も同じ伝承によっているとみるべきだろう。

この「ならの帝」は百五十三段に、

ならの帝位におはしましける時、嵯峨の帝は坊《ぼう》におはしまして詠みたてまつりたまうける、

みな人のその香にめづる藤袴君のみためと手折りたる今日

帝、御返し、

折る人の心に通ふ藤袴むべ色深くにほひたりけり

とあり、「ならの帝」の皇太子であった嵯峨天皇が歌を贈る話だから、「ならの帝」は平城天皇であることは明らかとなる。平城天皇と嵯峨天皇はともに桓武天皇の皇子だった。

「ならの帝」に比定される文武天皇も聖武天皇も「ならの帝」と呼ばれている例はない。百五十一段に「ならの帝」と人麿が登場し、それも「仮名序」と一致するのだから、『古今和歌集』「仮名序」の「ならの帝」は、この『大和物語』百五十三段を根拠として、平城天皇としていい。したがって人麿は平城天皇の時代に生きていたという伝承があったと考えるべきだと思う。

歴史と伝承のずれ

ここにわれわれは歴史と伝承のずれに出会うことになる。『古今和歌集』の編まれた一〇世紀初頭以前に、人麿は平城天皇の時代に生きていたという伝承があった。しかも、『古今和歌集』「仮名序」では人麿は正三位である。『万葉集』では位はわからないし、三位なら『日本書紀』『続日本紀』に記載があるはずだから、人麿に官位があったとすれば卑官のはずである。

『古今和歌集』は勅撰集だから、いい加減なことは書かないとみていい。人麿について、紀貫之は確かな資料によったとみるべきである。とすると、いわゆる歴史と伝承はほぼ同等の価値を置かれていたと考えねばならないことになる。残念ながら、われわれはそういう資料をもっていない。

伝承は誰が何時作ったというものではない。伝承は人々に伝えられていくものだから、人々に伝えさせていく何かがなければならない。その一つは真実ということだろう。真実は事実とは違う。人々に真実として信じられるものが伝えられていく。

沖縄県の宮古島で、多くの霊能者を訪ねたことがある。かれらは隠されてきた真実を語る。突然これまでただの岩だったのに、神が腰掛けたという神話が語られ、聖なる岩になる。それは、霊能者に神が憑依することによって語られ、明らかにされた真実である。

われわれが聞く神話はしばしばこのようにして、霊能者によって突然語れ出されたものである場合がある。それが分かるのは、事情を知っている地元の人に聞くことによってである。私は宮古島で、ここ三〇年のうちに二つの神話が新しく語られ出したのを知っている。

それにしても、なぜ霊能者の言葉が真実と受け止められるのだろうか。かれらがこの世の裏側の世、もう一つの世、いわば神々の世界を感じているからである。心の不可思議さを感じるなら、全面的にではないにしろ、その世界を認めることができる。私はあまり信じていないほうだが、運や偶然を受け容れる態度はもっている。

沖縄の霊能者は、たとえば何か不幸があったとき、基本的に先祖が供養されていないなどが原因で起こったと判示する。それは社会がその判示を受け容れる感じ方、考え方をもっているからである。つまり、社会が判示の方向を決定しているのだ。

霊能者は自分の神から選ばれて不可思議な力を与えられた。その神はいろいろのことを教えてくれる。神がこの地に来たとき、腰掛けた石というように。それはその地域の歴史になる。そのようにして、しばしば新しい歴史が生まれる。

この歴史はいわゆる歴史ではない。しかし、その社会の人々にとっては真実である。したがって、われわれはいわゆる歴史と、もう一つ社会が真実と考えている歴史をもっていることを認めればならなくなる。この歴史は書かれるものではなく、伝承されるものである。人麿の伝承はこの「もう一つの歴史」である。

文学による君臣一体の実現

　では、いつどのようにしてこの伝承は形成されていったのだろうか。平城天皇の時代より後であることは動かない。それもしばらく時間が経過していなければならない。というより、嵯峨天皇、淳和天皇より後、仁明天皇以降と思われる。

　平城天皇（七七四〜八二四年）は大同元年（八〇六年）に即位し、病弱のため同四年に嵯峨天皇に譲位したので、わずか四年しか在位していない。そして、寵愛していた薬子とその兄の藤原仲成が平城天皇の重祚を計り、平城京に遷都しようとした薬子の乱によって、出家し、そのまま平城宮で亡くなった。平城天皇と呼ばれる由縁である。

平城京跡

　桓武天皇の平安京遷都は、旧豪族を衰退させ、律令制を実質的に適用しようとした。宮廷は「漢風」の呼び方に象徴される中国風の、官職名、服装になったらしい。そして『凌雲集』『経国集』『文華秀麗集』と勅撰漢詩集が編まれ、文学による「君臣一体」の理想を実現しようとした。平城京に戻ろうとした平城天皇は廃位され、嵯峨天皇、淳和天皇が桓武天皇の意向を受け継いだ。しかし、次の仁明天皇の時代に国風への回帰が始まり、文徳天皇、清和天皇の時代に、『古今和歌集』「仮名序」があげる六人の歌人、いわゆる六歌仙の小野小町、在原業平らが活躍する。いうならば『万葉集』の歌の特徴である枕詞、序詞に代わり、平安期の和歌の中心的な表現である掛詞、縁語などを駆使し始めたのは六歌仙である。つまり、六歌仙は平安期の歌の始まりに位置しているのである（古橋『日本文学の流れ』）。したがって、平安文化、特に平安和歌の始まりは文徳朝にあるといっていい。したがって、平城天皇は、中国風の文化を推進した嵯峨天皇、淳和天皇を飛び越えて文徳天皇と繋がるのである。

先に『大和物語』の「ならの帝」の話を引いた。『大和物語』には百五十段から百五十三段までの四段が平城天皇の話である。百五十段は猿沢の池に入水した采女の話、百五十一段は『古今和歌集』「仮名序」の、「ならの帝」と人麿が心を同じにした竜田川の紅葉を錦に見立てる歌の贈答、百五十二段は皇太子だった嵯峨天皇との歌の贈答、そして百五十三段は、

猟を好み、磐手《いはて》と名づけた鷹をかわいがっていた帝は、やはり猟の心得の深かった大納言に磐手を預けたが、大納言は逃がしてしまう。帝に報告したところ、帝は何もいわない。何かいってくれという大納言に、帝は「いはで思ふぞいふにまされる」といった。

御心にいといふかひなく惜しけくおぼさるるになむありける。これをなむ、世の中の人、本をばとかくつけける。もとはかくのみなむありける。」

という、「いはで思ふぞいふにまされる」という和歌の下二句の起源を語る話である。この下二句は、『古今六帖』の歌、

心には下行く水のわきかへりいはで思ふぞいふにまされる

があるが、「いはで思ふはいうにまされる」というのは「沈黙は金」のような、いわば格言である。その格言的な定型句を平城天皇が言い始めたというのである。

このように、平城天皇は和歌をよく詠む天皇という像が与えられている。いわば平安期の和風の文化の起源に位置するのが平城天皇なのである。しかも、平城宮に帰ったということで平城という名が与えられたわけで、平城宮が漢風以前の和風の『万葉集』の編まれた時代の都ということから、その中心的な歌人人麿が重ねられるというような連想が働いて、平城天皇と柿本人麿が同時代に生きていたという伝承が成立したのではないか。

それは、『古今和歌集』「仮名序」が語る君臣一体の状態を詩で実現する中国の理想を、平城天皇と人麿で語ることに繋がる。『万葉集』の「吉野行幸従駕歌」で天皇を讃えた人麿の像が活きている。もちろん『大和物語』百五十、百五十一段はその実際の話として伝承されてきたものに違いない。

その下限は、『古今和歌集』以前であることは動かない。『古今和歌集』は醍醐天皇の時代に編まれたが、その時期に新たに伝承が成立したとは考えられない。そこで、『古今和歌集』「仮名序」の「ならの帝」と人麿の時代以降の記述をみてみると、

かの御時よりこの方、年は百年あまり、世は十継になむなりにける。古のことも知れる人、歌を

も知れる人、詠む人多からず。今このことをいふに、つかさ、位、高き人をばやすきやうなればいれず。そのほかに、近き世にその名聞こえたる人は、すなはち僧正遍昭は、（後略）

として、いわゆる六歌仙について語る。醍醐天皇の世のことだから、「百年」前はほぼ平城天皇の時代、「十継」は醍醐天皇を含めて平城天皇が一〇代前だから、やはり平城天皇である。同じ部分を「真名序」は、

昔平城天子。侍臣に詔して、万葉集を撰ばしめたまふ。それより以来、時は十代、数は百年を過ぐ。

と、平城天皇の時代が理想時代であり、『万葉集』が編まれたことを明確にしている。

したがって、『古今和歌集』に象徴される和風の文化は、漢風の淳和天皇、嵯峨天皇の前、平城天皇に像を結んだのではないか。

そう考えると、和風である歌を中心にした文化、文学の歴史の伝承が想定されてくる。それは、六国史に記されているのとは別の、「もう一つの歴史」だ。その伝承の歴史の始まりに平城天皇と人麿がいた。それは『万葉集』、さらにはそれ以前と繋がっているようだ。

こういうことだと思う。もう一つの歴史は秩序だって語り嗣がれているのではなく、たとえば、『古今和歌集』の「仮名序」のように、歌の歴史を書くような場合に喚び起こされてくるような歴史だ。社会の記憶のなかにあるが、普段は忘れられており、時に呼び起こされる歴史とでもいえばいいかもしれない。平安時代の前期、和風文化の興隆のなかで、『万葉集』が価値づけられていった。『万葉集』の名が取り込まれた菅原道真の『新撰万葉集』が寛平五年（八九三年）に編まれている。なぜ『万葉集』という名が必要だったのだろうか。『新撰万葉集』は新たに撰んだという意味だから、『万葉集』を受け継いでいることになる。『万葉集』は唯一の和文の文学だったといっていい。つまり『万葉集』こそが受け継がれるべき唯一の和風の文学だったのである。

『新撰万葉集』の意味

『新撰万葉集』の巻頭の部分を引いてみれば、

水之上丹文織紊春之雨哉山之緑緒那倍手染濫
（水の上にあや織りみだる春の雨山の緑をなべて染むらん）
春来天気有何力。細雨濛々水面縠、忽望遅々暖日中。山河物色染深緑
（春来たりて天気何の力ある。細雨濛々と水面を縠す。忽ち望む遅々とした暖日の中。山河の物色深く緑に染む）

と、いわゆる万葉仮名の和歌と漢詩が並列されている。漢詩と和歌が対等の関係に置かれたのである。嵯峨天皇、淳和天皇時代に編まれた勅撰漢詩集と和歌の勅撰集である『古今和歌集』の間には、『新撰万葉集』が必要だった。

そして、『万葉集』が価値を与えられていくにともなって、すでに伝説的であった人麿はさらに大きくなっていったのである。これを人麿の第三次伝承と呼んでおこう。

紀貫之が従った「もう一つの歴史」

『古今和歌集』には、左注で人麿の歌であるという説があることを示している歌が七首ある。

題知らず　よみ人知らず
わが宿の池の藤波咲きにけり山郭公《やまほとどぎす》いつか来く鳴かむ　（巻三・一三五）
この歌、ある人の曰く、柿本人麿が也

片桐洋一によれば、これらの左注は後人の付したもので、貫之の関知するところではないという（『柿本人麿異聞』）。そうであるにしろ、人麿以外に左注に詠んだ者についての伝承が付されている場合が一二例ある。なかには、

数えふれば止まらぬものを歳といひて今年はいたく老いぞしにける

おしてるや難波の水に焼く塩の辛くも我は老いにけるかな
又は、大伴の御津の浜辺に
老いらくの来むと知りせば門さしてなしと答へて会はざらましを　（巻一七、雑上・八九三〜五）
この三つの歌は、昔ありける三人の翁の詠めるとなむ

のように、「昔」と伝承であることをはっきりと示すものもある。そして、「ならの帝」と伝承されているものが二首ある。

萩の露珠にぬかむととれば消ぬよし見む人は枝ながら見よ　（巻四、秋上・二二二）
ある人の曰く、この歌はならの帝の御歌なりと。
題知らず　よみ人知らず
竜田川紅葉乱れて流るめり渡らば錦中や絶えなむ　（巻五、秋下・二八三）
この歌は、ある人、ならの帝の御歌なりとなむ申す。

二首目の歌は「仮名序」に「秋の夕べ、龍田川の紅葉をば、帝の御目に錦と見給ひ」に当たる歌とされ、『大和物語』百五十一段で「ならの帝」の歌とするものである。しかし『古今和歌集』の本文は「よみ人知らず」としている。他に「ならの帝」の竜田川に流れる紅葉を錦と見立てる歌があるこ

とも考えられるが、内容がぴったりだから、やはりこの歌とするべきだろう。そうすると、貫之が「仮名序」を書いたときには、むしろ伝承に従っていることになる。「ならの帝」と人麿の関係といい、貫之は「もう一つの歴史」によって歌の歴史を書いている。人麿の側からいえば、第三次の伝承に依拠したことになる。

この第三次の伝承の形成としていえば、中国の国家体制である律令制から日本風の律令制への移行のなかで、日本の詩と天皇との結びつきの深さを、万葉集と人麿が自分たちの文化の元にあることで再発見したということではないか。

3 『拾遺和歌集』の人麿——第四次人麿伝承

突然の再登場

平安中期、一一世紀半ばの『拾遺和歌集』には人麿の名で一〇四首の歌が収められている。『古今和歌集』には、左注で名をあげる七首のみ、『後撰和歌集』では一首もないことを考えると、何があったのかと考えてしまう。

『古今和歌集』の場合、一例だけあげると、

　　題しらず

ほのぼのと明石の浦の朝霧に島隠れゆく舟をしぞ思ふ　（巻九・四〇九）

この歌は、ある人の曰く、柿本人麿が歌なり。

というように、記されている。ただし、片桐洋一によれば、この左注は一〇〇年ほど後、藤原公任の時代に付けられたものという（『柿本人麿異聞』）。そうとすれば、『拾遺和歌集』に人麿の歌が多く入っていることと一致する。

では、なぜ一一世紀に人麿が評価をえていたのだろうか。

『拾遺和歌集』でもっとも多く歌が採られている歌人は紀貫之で一〇七首、次が人麿、次は大中臣能宣で六〇首、以下、平兼盛四二首、藤原輔相三七首、凡河内躬恒三四首と続く。他に二〇首を超える歌人はいない。ということは、この六人が『拾遺和歌集』で重んじられた歌人といえる。特に貫之と人麿が図抜けている。貫之は『古今和歌集』の代表的な選者で、平安期の和歌の方向を確定した。それだけでなく、『土佐日記』の作者として「ひらがな体」の文学の方向も示したといえる（古橋、前掲書）。次の四人は、躬恒は『古今和歌集』の選者、能宣は『後撰和歌集』の選者の一人、輔相は藤六と呼ばれ、『拾遺和歌集』に採られた歌はすべて「物名」歌である。しかも、『拾遺和歌集』の「物名」歌全七八首のうち三七首と半数近くの作者という特異な歌人である。「物名」歌は、『古今和歌集』全一一〇〇首のうち四七首、『拾遺和歌集』は全一三五一首のうち七八首で、『拾遺和歌集』において比重が高い。それだけでなく、八代集の他の六の勅撰集和歌集には「物名」の部立がない。

物名歌

さらに、平安期の私家集の「柿本朝臣人麿歌集」の巻末に載せられた諸国物名歌は、輔相のものという説もある。その「柿本朝臣人麿歌集」の諸国物名歌は、

柿本の人まろあからさまに京近き所に下りけるを、とく上らんと思ひけれど、いささかさはることありて、え上らぬに、正月さへ二つありける年にて、いと春長き心地して、なぐさめがてらに、この世にある国々の名をよみける。これなん田舎にまかり下りつるとて、あるやんごとなき所にて奉りけるとなん。

として、「畿内五か国」「東海道十五か国」「東山道八か国」というように、各道ごとに全国の国の名が詠み込まれている。たとえば、「やましろ」を引いておけば、

うちはへてあな風寒の冬の夜や真白に霜のおける朝道

というようなもので、「夜や」の「や」と次の「真白《ましろ》」で「やましろ」となる。

「物名」は『万葉集』の巻十六に物の名をいくつか詠み込んだ歌、たとえば、

香、塔、厠、クソ、鮒、奴を詠める歌
香塗《こり》れる塔にな寄りそ川隅《かはくま》のくそ鮒喫《は》める痛き女奴《めやっこ》（巻十六・三八二八）

のような戯れ歌がみえるが、名を隠しているわけではない。平安時代の歌の技法でもっとも多くみられるのは掛詞である。平安和歌はこの掛詞という方法で、五・七・五・七・七という短い詩型を詩にした。

掛詞は、言葉はいくつかの音が重ねられて意味を作るが、その音の重ねが別の意味をもつことがあることを利用して、短歌で表現できる幅を広げようとしたものである。その掛詞は『万葉集』にはほとんどみられない。掛詞が意識されることで、物名の歌が可能になったのである。したがって、人麿が「物名」歌を作ったはずはない。

『後拾遺和歌集』以降、「物名」の部立てがなくなるのは、詩としての和歌がより求められたからである。和歌が情緒を志向するものとしての色彩を強めていったのである。

すると、なぜ『古今和歌集』では部立てされたのだろうか。『古今和歌集』の時代は、『大和物語』にあらわれているように、和風の宮廷文化である「みやび」が実現した時代だった（古橋、前掲書）。和歌はその「みやび」を代表するものだった。そのような時代において、和歌は美を表出し、楽しむものとしての性格を濃くする。いわば言葉遊び的な面が表面に出る。掛詞が多用され、縁語が発達する。「物名」歌はそのようななかで、楽しみとして見出された。そして、『古今和歌集』の代表的歌人は紀貫之だが、貫之は屛風歌など、賀の歌が多く見られるように、情緒的な歌より、賀の歌、四季の歌などを得意とした。

『拾遺和歌集』が貫之の歌を最も多く採り、「物名」の部立てをもつのは、そういう『古今和歌集』に帰ろうとしたからである。しかし、そのようなことを意図的にしなければならないという状況を考えねばならない。『拾遺和歌集』の撰進の時期ははっきりしていない。そのため、藤原公任の『拾遺抄』と交じることもある。歌の評価が変わりつつある時期だったのである。つまり古今調の歌ではリアルに感じられなくなりつつあった。藤原道長の時代で、摂関政治の絶頂期であったが、『源氏物語』という個人の内面の苦悩が書かれた時代であった。

回帰の背景

この時代に人麿の評価が表面化するのはなぜだろうか。『古今和歌集』の歌を理想としつつ、古今調の歌がリアルに感じられなくなったのなら、『古今和歌集』「仮名序」で和歌の理想的な時代の歌人として書かれている人麿に戻ろうとしたと考えていいのではないか。

『拾遺和歌集』に採られた人麿とされる歌一〇四首のうち『万葉集』に載せられた歌の異伝歌が八六首ある。うち人麿作は一二首、「柿本朝臣人麿歌集」が二七首、人麿妻の歌一首、作者未詳歌が四三首、そして別の作者の歌が三首である。このことは、人麿が『万葉集』の作家を象徴する位置にあることを示している。

しかし、それまで確実に人麿作とされた歌がとられてこず、この時期に突然人麿作が登場するのは、突然の人麿の歌が古風で、古今的でないと考えられてきたからである。そして、「柿本朝臣人麿歌集」

が選集の対象になったからである。それにしても、この急激な変化は、この時代が和歌にとって危機的な状況にあったといえるだろう。

この『拾遺和歌集』にいたる時期が人麿伝承の第四期になる。この時期の人麿は正三位という高位をもつ、上級貴族とされた。貴族文化を象徴する和歌の祖である人麿は宮廷と深くかかわっていると考えられたのである。卑官で、あるいは官位とはあまりかかわらず、歌によって名を残すというような者が排除され、貴族社会を特別な閉鎖的なものにしていたからである。新たに貴族になる者はほとんどなく、身分が固定していた。

渡唐した人麿

その第四期の人麿伝承のなかで、人麿が唐に行った時の歌を取り上げておく。『拾遺和歌集』に次の歌がある。

唐にて

天飛ぶや雁の使にいつしかも奈良の都に言づてやらん　（巻六別・三五二）

唐に遣はしける時詠める

夕されば衣手寒し吾妹子が解き洗ひ衣行きてはや着む　（巻八雑上・四七八）

この二首はともに『万葉集』巻十五に、天平八年（七三三年）に新羅に派遣された使者たちの歌（全一四五首）として載せられている。

天飛ぶや雁を使に得てしかも奈良の都に言告げやらむ　（巻十五・三六七六）

夕されば秋風寒し吾妹子が解き洗ひ衣行きて早着む　（巻十五・三六六六）

「天飛ぶや」の歌は、前漢の武将蘇武の故事に基づく「雁の使」を主題にしたもの。

この遣新羅使の歌群のなかには、第三章に引いた人麿の「羇旅歌八首」（巻三・二四九〜五六）のうち四首の異伝歌が左注に「柿本朝臣人麿の歌に曰く」として載せられている。この歌群は出発の時から瀬戸内海を航行し壱岐、対馬辺まで、そして帰途というように、構成されており、人麿「羇旅歌八首」と同じである。その「羇旅歌八首」のうちの四首は行きの二首と帰りの二首である。

その人麿の異伝歌は「所に当たりて誦詠せる歌」（三六〇二〜一一）のうちの、〈一六〇六〜一〇〉の五首だが、「柿本朝臣人麿の妻の歌」（三六一二）も並べられている。その五首のうちの最後の一首は「伊勢国に幸しし時に、京に留まれる柿本朝臣人麿の作れる歌」の三首のなかの一首である。この歌は「安胡の浦」という伊勢の地名が詠み込まれており、どうしてここに載せられているのか分からないが、「羇旅歌八首」のうちのここに取られている四首はそれぞれ「乎止女」「藤江」「明石」「武庫」の地名がはいっているから、そこを通る際に詠み上げたものと考えるのが自然あるが、それにしてもなぜ並べてあるのだろうか。それを確かめるために、「羇旅歌八首」を含む「所に当たりて誦詠せる歌」をみてみる。

まず「所に当たりて誦詠せる歌」は、出発前の出かける男と送る女の贈答、「臨発《た》たむとせし時に作れる歌」「船に乗りて海に入り路の上《ほとり》にて作れる歌」の次に載せられている。つまり出航してすぐの状況ということになる。人麿の歌より前の四首は、

あをによし奈良の都にたなびける天の白雲見れど飽かぬかも　（三六〇二）
青柳の枝切り下ろし斎種《ゆたね》播きゆゆしき君に恋ひたるかも　（三六〇三）
妹が袖別れて久《ひさ》になりぬれど一日《ひとひ》も妹を忘れて思へや　（三六〇四）
わたつみの海に出《い》でたる飾磨《しかま》川絶えむ日にこそ吾が恋止まめ　（三六〇五）

で、一首目は奈良の都の土地讃め、次の三首は、女の男を想う歌、それに応える男の歌二首である。これらの歌がどうして航海に出た直後にあるのだろうか。一首目は新羅へ出発して後にする都を讃めていることになり、土地の霊、国の霊に守ってもらうために詠んだと考えられる。しかし次の三首の二首目に「袖別れて久になり」という状態を詠むから、出航直後とは矛盾する。したがって、「所に当たりて」は適宜という意で、状況に応じてという取り方がいいことになる。つまりこれらの歌は状況に応じて適宜誦詠されたと考えられる。ということは何度か誦詠されたということである。たとえば天候が荒れて都に帰れないかもしれない不安な時、「あをによし」と都を称える歌をうたい、家郷で待つ妻の歌をうたいというようにである。

それは不安な気持ちを静める働きをしたのだろう。でなければこのような挙げられ方をするはずが

ない。不安な状態の時、これらの歌を誦詠すると状況がよくなるというように思われ、うたい継がれてきたのである。いうならば呪的な力をもつ歌なのである。

「所に当たりて誦詠せる歌」をこのように理解した上で、人麿の歌を考えると人麿の歌も航海を無事に行わせる呪的なものといえる。「羇旅歌八首」のうちの行きの二首と帰りの二首がとられているのも、そういうことだろう。

こうみられることは、「羇旅歌八首」が最初からそういうものとして受け容れられていたことを思わせる。先にこの「羇旅歌八首」について、この題詞自体、後に人麿の旅の歌がこのように構成されたことを示しているのではないかと述べたが、このように構成されたとき、航海安全の想いが適えられるものとして考えられたのである。というより、このように構成することで、航海安全の呪的な歌の組が作られた。それは人麿の歌がそういう力があるものとして考えられていたことを示している。これは人麿の第二次伝承に当たる。

そして、それは航海安全がそれだけ切実な問題だった社会の状況を語っているといえるだろう。外国との交通が大きな意味をもったということである。

この遣新羅使の時だけでなく、他の航海でも人麿の「羇旅歌八首」が誦詠されたに違いない。そして、それによって後に人麿も唐に渡ったと考えられるようになったのであろう。

『拾遺和歌集』は人麿の「天飛ぶや」の前に、

笠の金岡が唐に渡りて侍りける時、妻の長歌詠みて侍りける返し
浪の上に見えし小島の島隠れ行く空もなし君に別れて　（巻六別・三五二）

と載せられている歌は、『万葉集』巻八に、「天平五年（七三三年）癸酉春閏三月に、笠朝臣金村の入唐使に贈れる歌」の反歌二首の最初の、

波の上ゆ見ゆる小島の島隠《しまがく》りあな息づかし相別れなば　（巻八・一四五四）

の異伝歌としていいもので、笠金村の遣唐使を送った際の歌が、金岡自身が渡唐する際のものになっている。つまり自分が派遣される側になり、妻が長歌を贈り、それに対する返しの歌になっている。

重なり合う伝承

『拾遺和歌集』の時代は中国は宋の時代である。それを唐としているのは、『万葉集』を前代と考えているからに違いない。そして、その時代には外国へ使節を派遣することがあったことも知っていた。ちなみに、平安時代は、菅原道真以来正式な外国使節は送られなくなっていた。

『袋草紙』は、

遣唐使大伴宿禰佐手丸記に云はく、「日本聘使《へいし》山城史生上道人丸。副使陸奥透介従五位下玉手人

丸云々。件《くだん》の使等。天平勝宝元年四月四日進発し、同二年九月二十四日紀伊国に帰着す」と云々。また人丸集に入唐の由の歌有なり。もしこの人丸か。ただし異姓なり。またおのおのの詠歌の処に人丸の歌なし。もしや同名か。

と、「大伴佐手丸記」という文書によって、天平勝宝元年（七四九年）に遣唐使が派遣されたというが、『続日本紀』には該当する記事はない。

大伴佐手丸という人物も史料からは見出し得ない。新大系『袋草紙』の脚注は、『肥前国風土記』の松浦郡の褶振の峰の伝説をもつ大伴狭手彦との関連かとする。その伝承は、

> 大伴狭手彦連《おおともさでひこのむらじ》、発船《ふなだち》して任那に渡りける時、弟日姫子《おとひひめこ》、ここに登りて褶《ひれ》をもちて振り招《を》ぎき。よりて褶振峰《ひれふりのみね》と名づく。然るに、弟日姫子、狭手彦連と相分かれて五日を経し後、人あり、夜毎《ごと》に来たりて婦《をみな》と共に寝《い》ね、暁に至れば早く帰りけり。容止形貌《かほかたち》、狭手彦に似たりき。婦、そを怪しと抱《おも》ひ、忍黙《もだ》し得ず。窃《ひそか》に績麻《うみを》をもちてその人の襴《きぬのすそ》に繋け、麻のまにまに尋《と》め往きけるに、この峰の頭《いただき》の沼の辺《ほとり》に到りて、寝ねたる蛇あり。身は人にして沼の底に沈み、頭《かうべ》は蛇にして沼の肩《みぎは》に臥せりき。忽ちに人と化為《な》りて、すなはち語りていいしく、
>
> 　しのはらの　をとひめのこを　さひとゆも　ゐねてむしだや　いへにくださむ
>
> 時に弟日姫子の従女《とものめ》、走りて親族《うから》に告げければ、親族、衆《もろひと》を発《や》りて昇りて看《み》けるに、蛇と弟姫

子と並《とも》に亡せ在らざりき。ここにその沼の底を見るに、ただ人の屍のみありき。各《おのもおのも》、弟日姫子の骨《かばね》なりといひて、やがてこの峰の南に就きて墓を造りて治め置きけり。その墓は見《いま》にあり。

というものである。この伝承は『万葉集』にも載せられている。

大伴佐提比古《さでひこ》の郎子《いらっこ》、特に朝命を被《かがふ》り、使を藩国《とつくに》に奉る。艤棹《ふなよそひ》して言《ここ》に帰《ゆ》き、梢《やや》に蒼波に赴く。妾《おみなめ》松浦（左用比売《さよひめ》）、此の別るるの易きを嗟《なげ》ぎ、彼《そ》の会ふの難きを嘆《なげ》く。即ち高山の嶺に登りて、遙か離れ去く船を望み、悵《う》然《ら》みて肝を断ち、黯《い》然《た》みて魂《たま》を鎖《け》す。遂に領布《ひれ》を脱ぎて麾《ふ》る。傍の者涕を流さずといふことなし。これによりて此の山を号けて領布麾の嶺と曰ふ。乃《すなは》ち、歌を作りて曰く

遠つ人松浦佐用姫夫恋《つまごひ》に領布振りしより負へる山の名　（巻五・八七一）
　後の人の追ひて和《こた》へたる
山の名と言ひ継げとかも佐用姫がこの山の上に領布を振りけむ　（巻五・八七二）
　最後《いとのち》の人の追ひて和へたる
万代に語り継げとしこの岳《やま》に領布振りけらし松浦佐用姫　（巻五・八七三）
　最最後《いといとのち》の人の追ひて和へたる二首
海原の沖行く船を帰れとか領布振らしけむ松浦佐用姫　（巻五・八七四）

行く船を振り留みかね如何ばかり恋しくありけむ松浦佐用姫　（巻五・八七五）

　この二つの伝承は大伴狭手彦を送った女が嘆きのあまり亡くなるという内容はほぼ同じだが、風土記の伝承には、話がどのような方向で語られるかという話の生成という点でふれておきたい。女は「褶をもちて振り招ぎき」とある。相手の魂を招いたのである。そこに蛇神がつけいって、毎夜女の元に訪れた。褶や袖を振るのは別れの時に再び自分の元へ戻ってくるようにという旅の無事をもたらす呪術だが、それは危険な呪術だったということである。その危険の側を話にしているのである。呪術は向こう側の世界に働きかけるものだから、危険をともなうものだった。だからいいかげんにやってはいけない、いわば命がけのものだったのである。

　二つの伝承では女の名が風土記では弟日子姫、『万葉集』では松浦佐用姫と違っていることで、逆に伝承としての広がりと変化を思わせる。こういう伝承からは、当たり前のことだが、『万葉集』の時代が既に伝承の時代であることを明らかにしている。『拾遺和歌集』の時代はそれから三〇〇年後である。伝承が多様化し、重なり合っておかしくない。

　人麿が渡唐したという伝承は、この大伴狭手彦の伝承と関係するわけだ。『袋草紙』が「大伴佐手丸記」としている史料は、たぶん同時代の『古今和歌集目録』にやはり「佐弖丸日記」として引用されている。ただし群書類従本では、副使の「玉手」が「玉乎」になっている。『古今和歌集目録』は、この二人と人丸をあげ、以上三人異姓同名也。但し、家の門に柿の樹あるによりて、後に柿本の姓を賜ふ。云々。しかして、佐弖丸渡唐は天平勝宝元年孝謙天皇御在位の間か。柿本姓を賜はる時は、敏達天皇の御代云々。敏達は三十一代の帝、孝謙は四十一代の即位、前後相違する也。

と、考証している。柿本という姓が柿の木に由来するという説は、『新撰姓氏禄』「大和国皇別」に、

柿本朝臣　大春日朝臣同祖。天足彦国押人命《あまたらくにひこくにおくひと》之後《すゑ》也。敏達天皇御世、依家門有柿樹。為柿本臣氏。

とあり、古くからの伝承があったことが知られる。佐伯有清『新撰姓氏禄の研究　考証編第二』は、このような氏名起源説話として、「左京神別」の「大貞連」の、

上宮太子摂政年、大椋官に任ず。時に家の辺に大俣の楊樹あり。太子巻向宮に巡行の時、親しく樹を指して問ふ。即ち阿比太連に詔し、大俣連を賜ふ。

と、やはり「左京神別」の「榎室連」の、

山猪子連等、上宮豊聡耳皇太子の御杖代に仕え奉る。時に太子山代国を巡行す。時に古麻呂の家は山城国久世郡水主村にあり。その門に大榎樹あり。太子曰く、「この樹室《むろ》の如し。大雨漏らず」。仍《すなはち》榎室連を賜ふ。

を引いている。ともに聖徳太子にかかわる伝承である。木の下にあるということで讃める定型がある。わかりやすくいえば、木は天に向かって伸びており、天から霊威を受けるものと考えればいい。その下にあるということで霊威に守られているともいえるし、霊威を受けてそれ自体が霊威あるものになるということもできる。そういういわば話型によって氏名が変えられたわけで、そこから新しく氏族が始まったということになる。

柿本氏の門に柿の木があり、それにちなんだ氏名を敏達天皇に与えられたという伝承があったのかもしれない。ただし、このカキは垣根の垣かもしれないということを先に述べている。

松浦佐用姫の領布振りの話と人麿の唐への派遣の伝承は、残された資料で見る限りは膨らんでいったわけではなかったが、人麿が『万葉集』の作者を代表する、万葉といえば人麿と赤人といっていいくらいに考えられていたことが知られる。

この時期の特徴は、渡唐の歌をあげ、『袋草紙』などを引いたように、人麿の伝承の文献による考証があることである。

考証が生み出す伝承

平安後期から中世に、人麿についてのさまざまな考証が行われた。中世は説話、語り物など口誦の時代であるが、一方で文献自体への尊重があったのである。そういう文献の一つである『詞林采葉抄《しりんさいようしょう》』に、

> 石見国風土記に云はく、天武三年八月人丸石見守に任ず。同九月三日左京大夫正四位上行に任ず。次の年三月九日正三位兼播磨守に任ず。これより以来持統、文武、元明、元正、聖武、孝謙の御宇に至るので、七代の朝に奉仕するものか。ここに持統御宇に四国の地に配流さる。文武の御代に東海の畔《ほとり》に左遷さる。子息躬都良《みづら》は隠岐の島に流さる。

と、人麿の配流伝承が記されている。

なぜ「配流」されたか書かれていないが、江戸初期の刊本の『人丸秘密抄』に「文武天皇皇后勝八尾大臣の娘を犯し、上総国山辺郡に流罪らせる」とあるような、犯してはならない朝廷にかかわることが理由だったと思われる。

このような伝承が生まれる原因は『古今和歌集』「仮名序」に「ならの帝」と人麿が同時代とあること、人麿が正三位とされていることにある。正三位なのに『続日本紀』に名が見えないことは罪を証して官位を剝奪されたからであり、その記事がないのは朝廷の禁忌にかかわる罪だからというように解釈されていったのである。

つまりこういう伝承は史書に照らす実証的な考証では明らかにできないという、貴族の学者たちが生み出したものだったのである。

人麿はそれだけ謎だった。貴族たちは自分たちの文化はいわば貴族によって生み出され、それが社会を成り立たせているという自負をもっていたにもかかわらず、その文化の元にある『万葉集』と柿本人麿が自分たちとは異なる存在であるはずがないと考えていた。特に中世という、武士たちに実質的な力を奪われている時代である。貴族たちは自分たちの存在をより王朝文化に依拠せざるをえなかったのである。

もちろん、人麿は王朝貴族ではないし、人麿の歌も王朝貴族的ではない。王朝貴族らしい存在として作り出されていったのである。それが第三次伝承だった。そして以降、歌の神として信仰され続けることとなった。近代になっても、その評価は続いているといっていい。

このような貴族の伝承とは異なって、中世には民間の伝承が書かれるようになる。それは信仰とかかわってくるのである。

第七章　人麿信仰

1　人麿影供

平安後期、人麿は神格化される。その象徴が人麿影供《えいぐ》である。人麿影供は、一三世紀半ばの『十訓抄』第四の二話に、

影供の起源

栗田讃岐守兼房といふ人ありけり。年ごろ和歌を好みけれど、よろしき歌も詠み出さざりければ、心に常に人麿を念じけるに、ある夜の夢に、西坂本とおぼゆる所に、木はなくて、梅の花ばかり雪のごとく散りて、いみじく芳《かうば》しかりける。心にめでたしと思ふほどに、かたはらに年高き人あり。直衣《なほし》に薄色の指貫《さしぬき》、紅《くれなゐ》の下の袴を着て、萎えたる烏帽子《ゑぼし》をして、烏帽子の尻いと高くして、常の人にも似ざりけり。左の手に紙を持て、右の手に筆を染めて、ものを案ずるけしきなり。あやしく

て、「たれ人にか」と思ふほどに、この人のいふやう、「年ごろ、人麿を心にかけ給へる、その志深きによって、形を見え奉る」とばかりいひて、かき消つやうに失せぬ。夢さめて後、朝《あした》に絵師を呼びて、このありさまを語りて、書かせけれど、似ざりければ、たびたび書かせて、似たりけるを宝にして、常に礼《らい》しければ、その験《しるし》にやありけむ、前よりもよろしき歌詠まれけり。年ごろありて、死なむとしける時、白河院に参らせたりければ、ことに悦ばせ給ひて、御宝の中に加へて、鳥羽の宝蔵に納められにけり。

六条修理《すり》大夫《たいふ》顕季《あきすゑ》卿、やうやうにたびたび申して、申し出して、信茂をかたりて、書写して持たれたりけり。敦光に讃《さん》作らせて、神祇伯《じんぎはく》顕仲《あきなか》に清書《きよがき》させて、本尊として、初めて影供《えいぐ》せられける。時に、聟《むこ》たち多けれどもその道の人なればとて、俊頼朝臣ぞ陪膳《ばいぜん》はせられける。さて、年ごろ、影供はおこたらざりけり。

末に長実《ながざね》、家保《いへやす》などをおきて、三男顕輔《あきすけ》、この道にたへたりければ、譲り得たりけるを、院に参らせたりける時、御感《ぎょかん》ありけるを、長実御前に候ひけるが、そねむ心やありけむ、「人麿の影《えい》、それ益《やく》なし。めづらしき文あらば、色紙一枚には劣りたり」とつぶやきたりければ、院の御けしき変はりて悪《あ》しかりければ、立ちけるを召し返して、「汝はいかでか、わが前にてかかることをば申すぞ。みなもと夢より起こりて、あだなることとなれど、兼房、さるものにて、ことのほかにうけることはあらじと思ひて、われ、すでに宝物の内に用ひて、年ごろを経にたり。汝が父、ねんごろにこれを営みて、久しくなりぬ。かたがた、いかでかをこづくべき。かへすがへす不当のことなり」とて、いみじくむつからせ給ひければ、はふはふ出でて、年なかばかりは門鎖《かどさ》して、音だにせられざりけり。

これにつけても、かの影《えい》の光になりにけるとなむ。

という人麿絵と影供の起源の話が載せられている。三つの部分からなる。

①藤原兼房が和歌をうまくなりたい一心で人麿を念じていたところ、夢にあらわれたので、その姿を絵にし、拝礼していると、歌がうまくなった。死ぬ前に、その人麿の絵を白河院に献上した。
②その後、藤原顕季が院に願って絵を借り、模写し、それを本尊として初めて影供を行った。
③顕季の三男に絵を遺したが、長男の長実が院の前で絵はくだらないといったため、院の不興をかった。その事件は絵の価値を高めた。

この②が人麿影供の濫觴になるが、夢に人麿を見てその絵を描かせた藤原兼房（一〇〇一～一〇六九年）は藤原道長の兄の粟田関白道兼の孫で、一一世紀半ばの歌人の中心的存在だった人物である。藤原顕季（一〇五五～一一二三年）は私歌集もある歌人で、その歌風は三男顕輔に受け継がれ、六条家歌道を形成した。

人麿影供は藤原顕季によって、元永元年（一一一八年）に始められた。その記録が藤原敦光の書いた「柿本影供記」として残されている。原文は漢文であるが、鈴木徳男・北山円正「柿本人麿人麿影供注釈」の読み下し文を引く。

顕季の人麿影供

永久六年戊戌四月三日乙卯、元永に改元す。六月十六日丁卯、雨降る。申刻週理大夫亭に向ふ。今日柿下大夫人丸供なり。件の人丸の影は、新たに図絵せられし所なり〔一幅の長さ三尺許、烏帽子、直衣を着けたり〕。左手に紙を採り、右手に筆握る。年齢六旬余の人なり。其の上に讃を書きたり。兼日の語に依り、予讃を作れり。前兵衛佐顕仲朝臣これを書けり。其の前に机を立つ〔花足なり〕。飯一杯幷びに菓子種々の魚鳥等を居《す》う。但し他物を以て造り、実物にあらず。其の器唐合子のごとし〔菜器は水牛の角を以て作る云々〕。時に会せし者、伊予守長実朝臣、前木工頭俊頼朝臣、前兵衛佐顕仲朝臣、予、少納言宗兼、前和泉守道経、安芸守為忠等なり。次に饗膳を居う。次に柿本の初献。侍る人等鸚鵡の盃幷びに小銚子等を持ち、簀子敷に伺候す。亭主議せられて云はく、「初献は和歌の宗匠勤仕せらるべし」と。「満座謂く、前木工頭仁に当たる」と。木工頭固持すること能はず、座を起ちて影前に進む。加州慕閫の義に依り、鸚鵡の盃を執りて、人丸の前に授け進る。前泉州、深くこの道を嗜むに依りて、小銚子を執り、酒を鸚鵡の盃に入れて、机上に置く。各座に還る。其の間の儀式、尤も以て神妙なり。次に二献。座客一献し、次いで汁を居う。次に式部少輔行盛来りて座に加はる。次に三献、次に菓子を居ゑ。次に熱汁を居う。次に右近中将雅定朝臣来りて座の左に加はる。次に又盃酌あり、次に饗を撤す。次に右兵衛督光儀せらる。次に亭主議せられて云はく、「人丸の讃講ずべきなり」と。和歌の前か、和歌の後か、衆議各同じからず。亭主云はく、「猶讃以て先と為すべし」と。影前に文台を置き、円座を敷く。件の讃白唐紙二枚を以て書く。内記大夫忠遠清書す。李部を以て講師と為す。武衛相公、讃を披きて文台に置かる。讃頌の後に撤す。次に和歌を講ず。題に云はく、「水風晩に来たる」と。予序者たり。講師は少卿、読師は右武衛相公。秀逸の詞は耳目の玩たり。講じ畢りて、或いは即ち去り、或いは暫く座に在り。鸚鵡の盃珍重の由、人々談ず。予朗詠を出して云はく、「新豊の酒色」と云々。次に亭主同句を出さる。又読吟せられて云はく、「ほのぼのと明石の浦の朝霧に」と。次に予吟詠して云はく、「たのめつつ来ぬ夜あまたに」と云々。衆人興に乗りて暫く以て留連し、各後会を約束して退帰し了りぬ。

内容は、人麿の絵を飾って、祀り、その前で歌を詠むというものだが、この影供の起源を白楽天に由来するという説、仏教に由来するという説、儒教に由来する説などある。そして、この儀礼が始まった理由として、当時の歌壇の状況、顕季の人間関係などをあげるのが、この影供についての研究の成果である。

しかし、どの研究もいうように、これは信仰とかかわっている。信仰というレベルは突然誰かが言い出して、それをみんなが信じるというわけにはいかない。信じられるのは神の意志として託宣された場合だ。そこで、これまでの研究がほとんど無視してきた、先に引いた『十訓抄』に載られた説話が浮かび上がる。

この伝承では、常に人麿を心にかけていたところ夢にあらわれたので、絵に描かせて「礼」をしたとある。いわばいい歌が詠めるように祀ったのである。つまり、人麿がこちらの想いに感応して姿をあらわしてくれたわけで、そういう姿を写した絵だから、信仰の対象になるわけだ。「年高き人あり。直衣に薄色の指貫、紅の下の袴を着て、なえたる烏帽子の尻、いと高くて」と、その姿を詳しく書いているのも「常の人にも似ざりけり」とあるように、尋常の人ではなく、いわば神の姿だからである。だから和歌の神である「本尊」として崇拝された。

人麿影供自体は顕季が始めたのは確かだろう。『十訓抄』の伝承は、人麿の絵の由来と、その継承を語っている。人麿影供はその絵に対する信仰の儀式的な表現法である。

この話は『古今著聞集』巻五にも載せられている。


かの清輔朝臣の伝へたる人丸の影は、讃岐守兼房朝臣、深く和歌の道を好みて、人麿のかたちを知らざることを悲しみけり。夢に人丸来て、われを恋ふるゆゑにかたちを現はせるよしを告げけり。兼房、画図にたへずして、後朝《こうてう》に絵師を召して教へてかかせけるに、夢に見しにたがはざりければ、悦びてその影をあがめてもたりけるを、白河院、この道御好みありて、かの影を召して勝光明院の宝蔵に納められにけり。修理大夫顕季卿、近習《きんじゅ》にて所望しけれども御許しなかりけれるを、あながちに申して、つひに写しとりつ。顕季卿の一男中納言長実卿、二男参議家保卿、この道にたへずとて、三男左京大夫顕輔卿に譲りけり。

兼房朝臣の正本は小野の皇太后宮申し受けて御覧じけるほどに、焼けにけり。貫之が自筆の古今もその時同じく焼けにけり。口惜しき事なり。されば顕輔卿本が正本になりけるにこそ。実子なりともこの道にたへざらん者には伝ふべからず、写しもすべからず。起請文《きしやうもん》あるとかや。件《くだん》の本、保季卿伝へとりて、成実卿に授けられけり。今は院に召し置かれて、建長の比《ころ》より影供など侍るにこそ。供具《くぐ》は家衡《いへひら》卿のもとに伝はりたりけるをながら、家清卿伝へとりて失《う》せて後、その子息のもとにありけるも、同じ院に召し置かれにけり。長柄《ながら》の橋の橋柱にて作りたる文台《ぶんだい》は俊恵《しゆんゑ》法師がもとに伝はりて、後鳥羽院の御時も、御会などにとり出だされけり。一院の御会に、かの影の前にて、その文台にて和歌披講せらるなる、いと興ある事なり。

『十訓抄』の話よりも絵の継承が詳しく語られている。そして、影供の際の道具の文台が歌枕で有名な長柄の橋の古材によって作られたという由緒あるものであること、元の絵は焼けたが、その文台は伝えられてきていることが語られている。ほんとうは事実かどうかは分からないのだが、文台があることがこの影供自体の起源の話の証拠になっている。

結局この話では、絵は焼けたが、文台が影供の始まりを伝えている証拠であることを語っていることになり、影供自体の価値を高めるものとなっている。

一三世紀初めに書かれた、後深草院二条の日記『とはずがたり』巻五に、人麿影供をしたことが出ている。亡父（源雅忠）が夢にあらわれ、和歌の家を興すように告げたことにより、

『とはずがたり』

これより、ことさらこの道をたしなむ心も深くなりつつ、このついでに人丸の墓に七日参りて、七日といふ夜、通夜して侍りしに、

契りありて竹の末葉にかけし名のむなしき節にさて残れとや

この時、一人の老翁、夢に示し給ふ事ありき。この面影を写しとどめ、この言の葉を記し置く。人丸講の式と名づく。「先師の心にかなふ所あらば、この宿願成就せん。宿願成就せば、この式を用ひて、かの写しとどむる御影《みえい》の前にして行ふべし」と思ひて、箱の底に入れて、むなしく過ぐし侍るに、又の年の三月八日、この御影を供養して、御影供といふ事を執り行ふ。

とある。嘉元三年（一三〇五年）のことである。

人麿の墓に七日詣でたところ、その夜の夢に、人麿があらわれたので、その姿を絵に写し、言葉を書いたという。兼房の場合とほとんど同じである。このようなことがしばしば起こったことが分かる。そして後深草院二条も人麿影供を行っているから、歌がうまくなりたいという欲求から始まったこの式が夢想によって支えられていることも分かる。

われわれはこういう儀式や夢想をあまり信じない社会にいるが、こういういわば呪術的なものを成り立たせているのは、長くやってきたという累積と、夢想などの呪的なものに価値を与える観念である。

成立の背景

それにしても、なぜ一二世紀前半に、人麿影供は始まったのだろうか。一二世紀前半は、物語文学の頂点を極める『源氏物語』が書かれて一〇〇年後、『今昔物語集』が書かれた時代である。説話文学は『日本国現報善悪霊異記』のように、記録する文体である「記」として書かれた。一〇世紀後半、『蜻蛉日記』序は「物語」は「そらごと」だから、事実として「日記」つまり「記」を書くと宣言している例があるから、記録する「記」の文体と物語の文体が異なるものだったことが分かる。

ところが『今昔物語集』は説話にもかかわらず「物語」と呼ばれている。摂関体制の最盛期に物語文学は『源氏物語』を生むが、一一世紀後半、院政が始まる。物語文学は『夜の寝覚』を例外として、衰退し、さまざまな趣向で読ませるものになっていく。たとえば、男の子と女の子が入れ替わって育てられる『とりかへばや』は代表的なものだろう。一一世紀後半は和歌でも『後拾遺和歌集』が編まれ、『古今和歌集』とは異なる和歌が求められていたことがわかる。物語文学が衰退しているという状況があった。物語も和歌も含め、ひらがなで書かれた作品を、私は「ひらがな体」の文学と呼んでいるが、「ひらがな体」の文学が活力を失っていった。そういうなかで『今昔物語集』が書かれた。文体は漢文訓読体を基本にした、事実を叙述していくもので、それまでの物語文学とは明らかに異なる。にもかかわらず、一つひとつの話を「物語」と呼んでいることになる。しかもこの文体はできごとを叙述していくもので、人の心を書こうとする物語の文体ではない。したがって、物語の再生を物語の原点である話を書くところまで戻したものと考えてみることができる（古橋『日本文学の流れ』）。

このように、一二世紀前半は王朝文学が衰退していくなかで、新しい試みが始まっていた時期だった。そして中世を念頭に置きながら考えるなら、王朝文化への憧憬が起こり、それを絶対化しながら、その範囲内で新しい文化を模索していた。いわば閉塞的な状況だったのである。すでに一一世紀後半の『更級日記』に、平安後期の時代がよく表現されている。まず『源氏物語』の読者としての憧れが始まり、人間関係が家族に閉じられ、夫も「子の父」と書かれる。宮廷への出仕も何かそぐわない。そして夢を気にして、神仏へ依存する度合いが深い。中世の神秘主義に繋がっていく。

和歌への信仰

『古今和歌集』の序文では、人麿は「君臣唱和」という文学と政治が一体の理想を実現した歌人でもあった。文学によって君も臣下も心が一つになるという理想である。まさに人麿が信仰の対象になり、その絵の元で和歌を詠むというようなことが起こっても不思議ない状況だったのである。

そして和歌は王朝文化の中心にあった。この人麿絵をかける行事は近世の『南坊録』に、歌や連歌の集まりには人丸、赤人の絵だけでなく、天神の絵もかけられていることが書かれている。

惣て歌連歌の会には住吉、玉津島の尊号、人丸、赤人の像等かくる。天神の御神影等もくるべし。

天神はもちろん菅原道真のことで、学問の神として信仰されるようになるのは平安時代中期である。寛和二年（九八六年）の慶滋保胤《よししげのやすたね》による「神祠修善」の願文に「それ天神を文道の祖、詩境の主と為す」とある（『本朝文粋』）。学問というようなものを信仰の対象にすることがあった。もちろん孔子に由来するのだろう。個人を信仰の対象にするのは奈良時代から聖徳太子が信仰されていることもあった。

人麿が和歌の神として信仰されるのは、道真を学問の神として信仰することと通じているに違いない。天神は後に連歌の神になっていった（竹内秀雄『天満宮』）。白楽天も信仰の対象になった。学芸が信仰の対象になっていったのである。

学芸は個人の努力精進によって進むものである。災害のないように祈願するような共同体的なものとも違うし、個人でも昇進を願うようなこととも違う。昇進は見出してくれる者に出会う、ポストが空くなどの運が大きく関係する。学芸はそれを認めてくれる者に出会うという意味では運もあるが、成就には資質と努力が大きい。仏教の修行からくるものかもしれないが、とにかく個人が到達すべきものがこの世の利害とは別の価値によっているといっていいだろう。そういう価値観は貴族たちのものである。

このような信仰が平安後期あたりから盛んになったのである。人麿影供はそういうなかで成立する。

2　貴族の信仰

『とはずがたり』に人丸の墓に詣でたとあったが、この墓は、鴨長明『無名抄』に「人丸墓事」として、

人丸の墓は大和の国に有り。初瀬へ参る道なり。人丸の墓といひて尋ぬるには、知る人もなし。彼の所には、歌塚とぞいふなる。

歌塚をめぐって

とあるものだろう。土地では「歌塚」と呼ばれていたという。

この墓については、顕昭の『柿本朝臣人麻呂勘文』に、「清輔語りて云はく」として、

大和の国に下向の時、彼の国の古老民云はく、添上郡石上寺の傍に社あり。春道社と称す。その杜の中に寺あり。柿本寺と称す。これ人丸の堂なり。その前の田中に小塚あり。人丸の墓と称す。その塚霊所にして常に鳴く云々。清輔これを聞きて、祝を以て行き向かふ処、春道社は鳥居あり。柿本寺はただ礎ばかりあり。人丸の墓は四尺ばかりの小塚なり。木無くして薄生ふ。乃ち後代の為に卒塔婆を建つ。その銘、「柿本朝臣人丸の墓」と書き、その裏に仏菩薩の名号「経教要文」と書

き、又予の姓名を書き、その下に和歌を註付す。
世を経てもあふべかりける契りこそ苔の下にも朽ちせざりけれ
帰洛の後、彼村夢咸く云はく、正衣裳の士三人出で来、この卒塔婆を拝し去る云々。その夢南都に風聞し、人丸の墓決定の由を知る云々。

とあり、添上郡（現在の奈良県天理市櫟本町）にあったことが知られるだけでなく、塚が常に音を出しており、「霊所」とされていたことが知られる。音を出すというのは、たとえば多武峰の談山神社がしばしば「鳴動」して神意をあらわしていたことと同じだろうが、そういう塚が「歌塚」と呼ばれていたことと関係しているだろう。

柿本寺跡

人丸の墓と記し、経文を書いた卒塔婆を立てることで鎮まったという。それは地元の村で、衣冠束帯の礼装をした者三人が卒塔婆を拝する夢のお告げがあったことで確かめられたというのである。つまりこの塚が人丸の墓であることが確実になった（現在の歌塚の碑は、享保一七年（一七三二年）に柿本寺の僧や森本宗範によって建てられたという。柿本寺跡には、人麿の像が建てられている（口絵3頁参照）。なお、第一章で紹介した和邇下神社は柿本寺跡に隣接している）。

この話は、貴族の語るものだが、塚が「常に鳴く」というのは地

歌塚の碑

元の人々の不安をあらわしおり、その不安が夢のお告げて解消されたことも語っている。地元の不安は、誰か有名な人が亡くなって築かれた塚が見捨てられてあるということにある。「歌塚」という名は歌にかかわる人らしいと考えられたことにもよるだろう。「鳴く」という塚の祀られていないことへの不安の表明が、先に推量したように、歌にかかわるという伝承を生み出したかもしれない。

貴族たちには人丸とすることで納得し、『とはずがたり』に見られるように、歌がうまくなるようにという祈願の信仰がもたれるようになった。そして、地元の側は人丸という名が明らかになり、祀られるようになったことで、安心した。貴族たちと地元の人たちは異なる対応をもったのである。

和歌の神

人麿影供は貴族の信仰である。『とはずがたり』も貴族の文学である。貴族たちの信仰は和歌の神としての人麿といっていい。片桐洋一が鎌倉から江戸期の人麿信仰を、『古今和歌集』の古注釈、秘伝書類から整理しているのに従えば（前掲書）、鎌倉後期には、人麿の「ほのぼのと明石の浦の朝霧に島隠れ行く船をしぞ思ふ」は和歌の最もすぐれたもので、また仏教の思想を表現するものとされていく。そして「人丸、本地、住吉明神也」（神宮文庫本『古今秘歌集阿古根伝』所収の「社頭風伝集」）とされる。

住吉の神が和歌の神であることは『千載和歌集』序の最後の「この集、かくこのたびしるしおかれぬれば、住吉の松の風久しく伝はり、玉津島の浪長く静かにして、千々の春秋をおくり、世々の星霜をかさねざらめや」という締めくくりの言い方で明確になっている。住吉の神は玉津島の神とともに和歌の神として信仰されていたのである。

『人麻呂異聞』には、貴族は古今伝授という和歌の家柄の独占的な方法で、中世における自分たちの権威を保持していったことが読み取れる。

また、『正徹物語』に、

人丸の木像は石見国と大和国にあり。石見の高津といふ所也。此所は西の方には入海《いりうみ》ありて、後ろには高津の山がめぐれる所に、畠中に宝形造の堂に安置したり。片手には筆を取り、片手には紙を持ち給へり。木像にて御座也。一年《ひととせ》大雨の降りし頃は、そのあたりも水出で、海の潮《うしほ》も満ちて海になりて、この堂も潮が波にひかれて、いづちとも行き方知らず失せ侍りき。さて水引きたりし後、地下《ぢげ》の者その跡に畠をつくらんとて、鋤鍬などにて掘りたれば、何やらんあたるやうに聞こえしほどに、掘り出して見たれば、此人丸也。筆も落とさず持ちて藻屑《もくづ》の中にましましたり。ただごとにあらずとてやがて彩色奉りて、もとのやうに堂を建て安置し奉りけり。此事伝はりて二三ケ国の者ども、みなみなこれへ参りたりけるよし、人の語りしを承り侍りし。

此高津は人丸の住み給ひし所也。万葉に、

石見のや高津の山の木の間より我振る袖を妹見つらんか

といふ歌は、ここにて詠み給ひし也。是にて死去ありけるなり。自逝の歌も上句は同じもの也。

石見のや高津の山の木の間よりこの世の月を見はてつるかな

とある也。

人丸には子細ある事也。和歌の絶えんとする時必ず人間《じんかん》に再来して、此道を継ぎ給ふべき也。神とあらはれし事もたびたびの事也。

という伝承が載せられている。石見（現在の島根県西部）にあった人麿の木像は水難にあっても片手に筆、片手に紙というもので、この姿は兼房が夢に見て絵に描かれたのと同じである。この伝承では元の姿のままで掘り出されたという。

正徹門下で貴族の側に身を置いている書き手がこの伝承を書きとめた関心は、ひとえに人麿の不可思議なあらわれ方にある。最後の「和歌の絶えんとする時必ず人間に再来して、此道を継ぎ給ふべき也」、つまり霊験を示して、人麿と和歌の力を示すといっている。この場合、人麿像が水難に遭っても少しも痛むことがないことを示し、それが和歌の力であることを伝えようとするとでもいえばいいだろう（また、戸田柿本神社には、右手に筆、左手に紙をもった人麿の肖像画が保管されている（口絵3頁参照））。

民間信仰との接触

この話からは、貴族の伝承とは異なる民間の信仰も読み取ることができる。「人の語りしを承り侍りし」と、人から聞いた話で語った人も貴族に近い階層の者だろうが、この話の内容を素直を読めば、人麿は水難避けの信仰を集めそうではないか。次節でふれるが、実際、人麿にはそういう民間信仰がある。

この話は貴族の信仰と民間の信仰が接触したものとみることができるわけだ。貴族たちは人麿を和歌の神として信仰した。しかしこの信仰は直接生命にかかわるようなものではなく、きわめて文化的なものである。それに対し民間では人麿に対して、もっと実質的な生活にかかわる信仰をもった。

そして貴族たちはこのように民間の奇蹟を取り込むことで、自分たちの文化的な位置を補強していたことを示しているといえよう。貴族たちはこの世における実質的な意味を失いつつあったから、実際にある人麿に関係する遺跡や伝説を掘り起こすことでしか、この世における自分たちの価値を感じえなかったからといってもいいかもしれない。

一方民間では、自分たちの側にある遺跡がこのような奇跡によって、再認識され、自分たちの信仰に取り込んでいったのである。

このようなことは中世にだけ起こったことではなく、貴族社会が成立し、民間と分離して以降常にありえたことである。ただ文献に書かれ、表面に出てくるのは中世である。『今昔物語集』に書かれているように、民間の社会や普通の人々が表現の対象になるのは平安の末期から中世であった。九世紀初めの『日本国現報善悪霊異記』には民間の社会や人々が登場するが、限られた仏教関係のものだけで、貴族たちの書くものには書かれない。貴族たちが自分たちの外側の世界に関心をもつことで、ようやく民間の社会や人々が書く対象になったのである。

ついでにふれておけば、「人丸には子細ある事也」は、人麿がなんらかの罪を与えられて死んだとし、怨霊となったという梅原猛の根拠の一つにあげるものである（『水底の歌』）。

3　民間の信仰

人麿を祀る神社

桜井満『柿本人麻呂論』には「付録」として「柿本人麻呂関係神社一覧」が付されその後に「資料」としてその神社関係の文書が載せられている（本書の巻末にも、現住所を二〇一五年五月現在に改めたかたちで、「柿本人麻呂関係神社一覧」を転載した）。この神社一覧には全部で一五二の社が並べられている。正確には社だけでなく、祠、塚なども含まれている。そして人丸社、柿本社など、柿本人麿の名を冠せられたものが多いが、春日社のような神社の祭神の一柱だったり、合祀されているものなどもある。

神社は神の名、地名を冠したものが圧倒的に多く、実在の個人名の神社がこれほど多く、しかも全国にあるのは珍しい。

柳田国男は『一目小僧その他』の「人丸大明神」で、下野（現在の栃木県）旗川村（現在の佐野市）小中の人丸神社に伝わる、手負いで逃げる人丸が黍畑に隠れ助かったが、黍で片目を潰し、しばらく滞在したので、村人がその霊を祀ったという縁起を取り上げ、この話を一目小僧の話型のなかに位置づけ、下野における人麿信仰に言及している。

柳田は、こういう人麿信仰を、「文学の退化」などとみるべきではなく、民俗の伝承のなかでみることを主張しているのである。

人丸神の信仰が、歌の徳以外のものに源を発した例は、すでに近畿地方に幾つとなく認められた。山城大和の人丸寺、人丸塚は、数百歳を隔てて始めて俗衆に示現したものであった。

として、「火止まる」「人生まる」などのいわばこじつけによって防火、安産の神になっていくという民間の信仰のあり方を述べている。民俗学が見出した見方や価値観がよく出ている。この下野の伝承は人麿が目の神としても信仰されることも示している。

栃木の人丸社　柳田が取り上げた小中の人丸神社は栃木県だが、桜井満「柿本人麻呂関係神社一覧」によると、栃木県には人丸を祀った神社は一五もあり、山口県の九二、『万葉集』で人麿が亡くなったとされる石見のある島根県の三四の次に多い。人麿に縁もゆかりもないように思えるのになぜだろうか。栃木県の人麿信仰については、民俗学の調査報告と研究がある。小林吉一「柿本人麻呂のフォークロア（その二）――下野の人丸様」と佐藤智敬「栃木県における柿本人麻呂解釈の展開――宇都宮大明神と人丸神社」である。

小林は人丸様関係の神社などを、

（A）現在も人丸神社である六社。

（B）他社の相殿や境内社などにまつられている十社。

（C）示現神社の称をもつものか宇都宮神社・二荒山神社ほ名告るもので、将来何らかの形で人丸様にかかわるかもしれない二社。

（D）個人的な祭祀の対象にしているもの二例。

に分類して調査報告している。示現社を除くと一八例になり、桜井満「柿本人麻呂関係神社神社一覧」より多くなる。土地を実際に調査した成果である。

人丸神社
（栃木県佐野市小中町）

小林の民俗調査によって人丸神社と名のついた六社の信仰を整理してみる（住所の表記は小林の調査の表記に従った）。

①足利市野田字上一四四〇　正月にしめ縄をめぐらす柿の木がある。「頭がよくなるとか、文字がうまくなるとかいう伝えがある」。

②安蘇郡田沼町大字山形一二二三　祭神は歌の神という。「氏子に生まれた人は、みな片目が小さ

いと語った人もある。」

③佐野市小中町一〇六二　湧き水口の一本の柿の木のもとに定家神社があったという。境内に大きな柿の木がある。

④今市市手岡字萩原一〇三　神社裏に隣接して湧き水池がある。

⑤今市市下猪倉二五〇　「人丸様が有名な雨の歌を詠んでいるので水神として水を祈り、農神として崇敬しているとのこと」。境内に柿の木がある。

⑥塩谷郡氏家町大字松山新田三〇〇　明石から勧進したと伝えている。

柿の木があるのはもちろん柿本という姓と関係している。しかしこの地方において「柿の木がどのような位置を占め、いかに利用されたか、されなかったか」を考察すべきとする佐藤の主張があるが、民俗がどのように貴族社会の文化を受容していくかがみえてくることがあるだろう。

①の「頭がよくなる」「文字がうまくなる」は、②の歌の神からきたものだろう。

⑤の雨の歌を詠んでいることから水神、そして農神という。その歌については「忘れた」という。水神というのは③④もそうで、柳田も触れている。先に引いた『正徹物語』の伝承も水に関係する。しかし歌の神から雨の歌を詠んだ、それで水神そして農神という想像力はありそうだ。神社の近くに湧き水があり、人丸が水神になったということはありうるから、逆に雨の歌を詠んだからという伝承のほうが新しい可能性はあるが、どちらでもいいと思う。民俗の想像力として同じと考えたいと思っ

ている。

そう考えると、歌の聖という人麿の性格が、民俗のなかでそこまで延びていったということになる。

川越の柿本人麻呂神社

埼玉県川越市の川越神社に柿本人麻呂神社がある。桜井満「柿本人麻呂関係社一覧」によれば、氷川神社境内にあるが、「綾部利右エ門宅地ヨリ遷スト云フ」とある。

高橋六二氏が昭和四九年（一九七四年）に國學院大學の郷土研究会で講演された「武州川越の人麻呂伝承」の資料が手元にある。高橋氏にいただいたものである。そのなかに綾部家の系図がある。

その系図では、孝昭天皇を祖とし、一三代目に人麿がおり、その何代か後に是則が武州川越に来て川越綾部氏の始祖になっている。人麿は石見国の美濃郡戸田里に住んだとしている。

戸田柿本神社

そこは現在の島根県益田市戸田だが、戸田柿本神社があり、宮司の綾部家に伝わる伝承がある。
大和から某君が石見国に下り、美濃郡戸田郷小野に住んだ時に、語家《かたらい》綾部某が陪従したが、某君が語家の娘を御寵愛になり、誕生したのが人麻呂であって、語家が養育した、という。学芸日々に進み、和歌に堪能なことが天武帝のお耳に達し、和歌の御侍講に任じられ、石見権守・播磨守を努め、年老いて築紫・長門・石見などに遊び、高角郷鴨島の旅寓で病魔のため亡くなった。享年七十八、聖武天皇神亀元年（七二四年）三月十八日のことであった。そこで生誕地戸田郷小野に葬り、祠を建て尊像を安置したという。そして津和野に移封された亀井氏の第四世隠岐守茲親が、人麻呂の遺勲を追慕され、生誕かつ墳墓の地なる旧跡を以て祠廟造営の資を寄せ、宝永七年（一七〇八年）五月、宏壮なる社殿が建設されたという（桜井満『伝説のふるさと』）。

ここにみえる「語家」は中世の『古今和歌集序聞書』などに、石見国の「語ノ家命」と見える。その「語ノ家命」の家の庭の柿の下に二〇歳くらいの和歌をよくする若者があらわれ、老夫婦が養育し（口絵4頁参照）、後に持統天皇に認められて、柿本人丸と名告ったという。

柿本人麻呂神社

川越の伝承に記されている柿本人麻呂神社の御神体は木彫の人丸像（一九八頁「柿本人麿像」）で、頓阿作といわれている（山田勝利『柿本人麻呂と川越——他』）。綾部家には『柿本人丸勘文』も伝えられている。『柿本人丸勘文』は、先に引いた平安後期の顕昭の『柿本朝臣人麻呂勘文』から始まると考えていい。人麿についての考察である。

その綾部家に伝えられた『柿本人丸勘文』は宝暦二年（一七五二年）に書写されたものとある。その内容は、

①「天平元年三月十八日柿本人丸行年八十四歳石見国ニ卒ス」として辞世の歌を記す。

②「然ルニ此ノ人丸ノ事究メテ定カナラズ。本ヨリ其父祖ヲ詳ニセズ」として、先の柿の木の下にあらわれ、和歌によって朝廷に召されたこと。

③「子細アリテ上総国山辺郡に配流せられ」たが、聖武天皇の時、万葉集を編むにあたって、人丸を判者とすべきということになったので、山辺赤人と名を変えたということ。

柿本人麿像

が書かれる。

この人丸が赤人と同一人だという説は「自生論」と呼ばれ、鎌倉後期にはあったらしい（片桐、前掲書）。『古今和歌集』「仮名序」に、「ならの帝」の時代に『万葉集』が編まれたとあること、「ならの帝」と人麿が心を一にしていたことになどがあるが、「ならの帝」が聖武天皇であるという説が有力になり、『万葉集』からは人麿が持統天皇、文武天皇の頃の人であることと矛盾することから考え出された説である。

さらに『柿本人丸勘文』の内容を追うと、

④新編鎌倉志ニ人丸塚是ハ歌人ノ人丸ニ非ズ。悪七兵衛景清が女子ヲ人丸ト名ヅク。其墓也ト云ヘリ。此墓亀ヶ谷ノ辺ニアリ。

という。悪七兵衛は『平家物語』に登場する平家方の武将で、謡曲『景清』、近松門左衛門の浄瑠璃『出世景清』がある。

謡曲『景清』は、景清の娘人丸が父を訪ねて鎌倉亀が谷から日向の宮崎へ旅し、乞食になった盲目の景清に会うが、乞食は父であることを否定し、壇ノ浦の戦いの勇猛さを語り、別れるという物語である。

『景清』は、景清は盲目でもあり、平曲の語り手を思わせる語り方をしている。この戦いの語りを聞いた人丸も、この話を語ってもおかしくない。景清の娘が人丸という名なのも、人丸が旅をし、話を聞き、そして語り手にもなるというあり方をしている存在であるのを受けてのことなのではないか。

江戸初期の松永貞徳（一五七〇〜一六五三年）の口述筆記によった『戴恩記』に亀井豊州が因幡から入洛した際に、「我領内に人丸の社あり。内陣を見れば女体にておはする」と語ったと記している。景清の娘人丸と関係する伝承である。

なお、柳田国男『一目小僧その他』は播磨の旧記峯相記の中の明石の人丸神は実は女体であるという説を取り上げ、景清の娘人丸と合わせ、人麿を眼病の神とした信仰に説き及んでいる。

参考文献

阿蘇瑞枝『柿本人麻呂論考』桜楓社、一九七二年。

石川久美子「古代歌謡が語る雄略の時代――『天語歌』を中心とした景行の時代との関連」『国語と国文学』九〇巻七号、二〇一三年。

石川久美子「古代歌謡が語る景行時代の歴史――ヤマトタケルをめぐって」『武蔵大学人文学会雑誌』四四巻三号、二〇一三年。

石川久美子「大和物語注釈」（第百五十五段）『武蔵大学人文学会雑誌』四四巻三号、二〇一三年。

伊藤博『古代和歌史研究　一～八』塙書房、一九七四～一九九二年。

井村哲夫『憶良、虫麻呂と天平歌壇』翰林書房、一九九七年。

梅原猛『水底の歌――柿本人麿論　上・下』新潮社、一九七三年。

沖森卓也・佐藤信・平沢竜介・矢嶋泉『歌経標式――注釈と研究』桜楓社、二〇〇三年。

片桐洋一『人麿異聞』和泉書院、二〇〇三年。

岸俊夫『日本古代政治史研究』塙書房、一九六六年。

小林吉一「柿本人麻呂のフォークロア（その一）――下野の人丸様」『野州国文』二二号、一九八七年。

西郷信綱『壬申紀を読む』平凡社、一九九三年。

斎藤茂吉『柿本人麿』岩波書店、一九三四～四〇年。

佐伯有清『新撰姓氏録の研究　考証編第二』吉川弘文館、一九八二年。

佐伯有清『柳田国男と古代史』吉川弘文館、一九八八年。

栄原永遠男『万葉歌木簡を追う』（大阪市立大学人文選書2）和泉書院、二〇一一年。

桜井満『柿本人麻呂論』桜楓社、一九七七年。

桜井満『伝説のふるさと』日本書籍、一九七九年。

笹本正治『鳴動する中世』朝日新聞社、二〇〇〇年。

佐藤智敏「下野の柿本人麻呂解釈の展開――宇都宮大明神と人丸神社」『常民文化』二四号、二〇〇一年。

品田悦一『万葉集の発明』新曜社、二〇〇一年。

品田悦一『斎藤茂吉』ミネルヴァ書房、二〇一〇年。

鈴木徳男・北山円正「柿本人麿影供注釈」『相愛女子短期大学紀要研究論集』四六号、一九九九年。

竹内秀雄『天満宮』吉川弘文館、一九六八年。

多田一臣『万葉集全解　一～九』筑摩書房、二〇〇九～一〇年。

谷川健一『南島文学発生論』思潮社、一九九一年。

中西進『柿本人麻呂』（日本詩人選2）筑摩書房、一九七〇年。

中西進『万葉集』講談社文庫、全四冊、一九七八～八三年。

中西進編『柿本人麻呂』桜楓社、一九九七年。

橋本達雄『柿本人麻呂』新典社、一九八〇年。

古橋信孝『古代和歌の発生』東京大学出版会、一九八三年。

古橋信孝「珠裳の裾に潮満つ」『国語通信』三〇八号、筑摩書房、一九八九年。

古橋信孝『神話・物語の文芸史』ぺりかん社、一九九二年。

古橋信孝『古代都市の文芸生活』大修館書店、一九九四年。

古橋信孝「天皇の言葉と和歌」、網野善彦・樺山紘一・宮田登・安丸良夫・山本幸司編『生活世界とフォークロア』(天皇と王権を考える第9巻)岩波書店、二〇〇三年。

古橋信孝『日本文学の流れ』岩波書店、二〇一〇年。

森朝男『古代和歌と祝祭』有精堂出版、一九八八年。

森朝男『古代和歌の成立』勉誠社、一九九四年。

柳田国男『一目小僧その他』小山書店、一九三四年。

山田勝利『柿本人丸と川越——他』氷川神社社務所、一九七九年。

吉本隆明『共同幻想論』河出書房、一九六八年。

渡瀬昌忠『柿本人麻呂研究——島の宮の文学』桜楓社、一九七六年。

あとがき

書き出してから一〇年以上経ってしまった。少なくとも三回は取り組んでいるが、そのたびに自分が書きたいことが明確になっていかず、挫折を繰り返した。だいたい私の関心は文学史にあって、古代から考え始めたから、古代文学が分かってきたように思えるにつれて後の時代の作品に興味が向かっていっており、『万葉集』や人麿のことを浮かべることなど遠いものになっていたのである。

そして『日本文学の流れ』を書いてから、本を書くことに興味がなくなっていた。私しかできない仕事なんてなく、誰かがやればいいと思っていた。前からそういうことは思っており、その想いが強くなったのである。

そういうなかで、ふたたび書こうと思うようになったのは、武蔵大学特任教授も後二年という年、修士論文を書いた石川久美子さんがもっと勉強したいといってきて、ならば他の大学の院生と研究をともにする場を作れば、永続していける可能性があると考え、石川さんが書いたのは古代歌謡の論文だったので、古代歌謡の現在唯一人の研究者といっていい居駒永幸さんに中心になってもらい「古代歌謡研究会」を立ち上げたことが大きい。東日本大震災の年である。翌年石川さんは博士課程に進学した。

その研究会で、若手の古代文学関係の発表を聴いているうちに、古代文学研究のことを思い出す機会が増え、また石川さんから「歌の語る歴史」という博士論文の構想などを聞いているうち、しだいに古代文学に取り組んでいた頃のことなど思い出し、新たに昂揚感ももつようになっていった。研究会でも、近藤信義さんが國學院大学の院生とともに「伝承」を提起した。石川さんも結局歴史が表現として伝承されていくのは歌だという主張だから、その中心は伝承である。思い出してみれば私の修士論文は「伝承空間論」だった。というわけでいうならば触発されていったのである。

そして古代文学から離れていたことによって、柿本人麿の歌をこれまでとは異なる目で読むことになっていった。人麿が物語を語るということは前から書いていたが、伝承を語ることまでは考えていなかった。当たり前のこととして誰も疑ってこなかった、人麿は歌人という考え方から私も逃れられなかったのである。私は叙事から歌を読みかえることをしてきたつもりだったが、やはり叙事、抒情という従来の見方を捨てきれないでいたのだった。人麿を語り手と見るといっぺんに見えてくることがある。本書で人麿を全面的に語り手として見る見方を打ち出すことになった。書いていてまた古代に近づけたように思え、おもしろかった。

なお、本書には写真などが掲載されているが、私は奈良でさえあまりいっていない。徹底的に言語表現から読むことをしてきたからである。それで長野県の諏訪大社の御柱関係の祭を二年に渡って見て廻った仲間の一人で、全国を歩いている優秀なフィールドワーカーの高橋六二さんにお願いして写真をお借りすることができた。高橋さんには川越の柿本人麻呂神社に連れて行っていただき、また埼玉県立歴史と民俗の博物館に岩佐又兵衛の「三十六歌仙額」（口絵2頁参照）があることを教えていただいた。桜井満さんの御著書から「柿本人麻呂関係神社一覧」の転載を夫人から許可していただいたのも、高橋さんのお力添えである。桜井夫人とともに感謝したい。

この本を担当した水野安奈さんも、私の文章を「ミネルヴァ日本評伝選」の書式に直すなど、手の焼ける著者につき合っていただいただけでなく、人麿関係の写真を撮りに奈良を廻ってくださった。さらに「柿本人麻呂関係神社一覧」の鎮座地の住所を現在のものに直すというたいへんな仕事を自ら引き受けてくれた。本は一人で出せるものではないが、いつも以上に助けていただいた。

時間のめぐり合わせによって、本書は一五〇回という記念の配本になった。そういうこと含め、私自身この本が出るのがとてもうれしい。

二〇一五年八月

古橋信孝

柿本人麿略年譜

和暦	西暦	齢	関係事項	一般事項
大化　元	六四五			6・12中大兄皇子、中臣鎌足ら、蘇我入鹿を暗殺。6・14孝徳天皇即位。
斉明天皇　元	六五五			1・3斉明天皇即位。
斉明天皇　六	六六〇	1	この頃、出生か。	
斉明天皇　七	六六一	2		7・24中大兄皇子、称制。
天智天皇　二	六六三	4		8・27百済救援の軍、白村江で大敗。
天智天皇　六	六六七	8		3・19近江大津の宮に遷都。
天智天皇　七	六六八	9		2・20天智天皇（中大兄皇子）即位。
天智天皇　九	六七〇	11		2月庚午年籍を造る。
天智天皇　十	六七一	12		1・6近江令施行。
天武天皇　元	六七二	13		6・24壬申の乱（大海人皇子、吉野を出立）。
天武天皇　二	六七三	14		2・27天武天皇即位。
天武天皇　十	六八一	21		2・25草壁皇子、皇太子になる。

持統天皇　元	六八七	28	この頃、近江荒都歌、吉野行幸従駕歌、安騎野遊猟歌。	
持統天皇　三	六八九	30	日並皇子挽歌。	
持統天皇　四	六九〇	31		1・1持統天皇即位。
持統天皇　五	六九一	32	川島皇子挽歌。	
持統天皇　六	六九二	33	伊勢行幸の時、都で詠んだ歌。	
持統天皇　八	六九四	35		12・6藤原宮遷都。
持統天皇　十	六九六	37	高市皇子挽歌。	
文武天皇　元	六九七	38		8・1文武天皇即位。
文武天皇　四	七〇〇	41	明日香皇女挽歌。（これ以降の事歴、没年等は不明）	
大宝　二	七〇二			10・14大宝律令施行。
慶雲　四	七〇七			7・17元明天皇即位。
和銅　三	七一〇			3・10平城京遷都。
和銅　五	七一二			1・28『古事記』を撰上。
和銅　六	七一三			5・2風土記の編纂を諸国に命ずる。
霊亀　元	七一五			9・2元正天皇即位。
養老　四	七二〇			5・21『日本書紀』を撰上。
神亀　元	七二四			2・4聖武天皇即位。
天平　十三	七四一			3・24国ごとに国分寺や尼寺を設けさ

			せる。
天平勝宝 三	七五一		11月『懐風藻』できる。
天平勝宝 四	七五二		4・9東大寺の盧舎那大仏開眼供養。
宝亀 三	七七二		5月『歌経標式』を奏上。
延暦 十三	七九四		10・22平安京遷都。
延喜 五	九〇五		4・15『古今和歌集』を撰進。
長徳 四	九九八		『拾遺和歌集』を奏上。
元永 元	一一一八		6・16藤原顕季、人麿影供始める。
嘉元 二	一三〇四		後深草院二条、人麿の墓詣で。
嘉元 三	一三〇五		3・8後深草院二条、人麿の影供を営む。

資料　柿本人麿関係神社一覧

社号	境内外・合祀等	鎮座地	備考
徳山大神宮	柿本人麿合祀	北海道松前郡福山町大字神明町十五番地（松前郡松前町字神明六六）	人麿神社　創立不詳　城内ノ北ノ丸ニアリ。明治四十年一月十三日合祀　『神社明細帳』
桜岡大神宮	柿本人麿合祀	宮城県宮城郡仙台区片平丁本柳町（仙台市青葉区桜ヶ岡公園一の一）	『神社明細帳』　仙台区花壇の「住吉神社」（祭神、住吉三神と人麿）を大正二年二月十九日に合祀
和歌神社	日枝神社境内　祭神　柿本人丸朝臣霊	山形県飽海郡酒田町字近江町拾六番地（酒田市浜田一の一〇の二七）	酒田町市中歌誹諧人等造立ノ由ナレドモ年月知レス　『神社明細帳』
人麿神社		尾花沢市　鈴木八右衛門氏邸	桜井満『柿本人麻呂論』資料一参照
人丸神社		茨城県岡田郡大輪村字明神（常総市大輪町一七七）	宝永四年四月創立　祭神　荒御魂　『神社明細帳』（祭日　十一月十五日）

人丸神社		羽生村字宮前（常総市羽生町二二四）	祭神　荒御魂『神社明細帳』（祭日　十一月十五日）
人丸神社	香取神社境内	結城郡石下町向石下一五（常総市向石下一五）	『茨城県神社誌』（祭日　十一月十五日）
草薙神社	柿本人麿命配祀	那珂湊市辰ノ口六〇六〇（ひたちなか市海門町一丁目一の八）	『県神社誌』（祭日　六月十五日）
八幡神社	柿本人麿合祀	栃木県安蘇郡黒袴村三面山（佐野市黒袴町五八六）	康平七甲辰年三月造営　明治四十年二月十八日無格社人丸神社、天満宮合併　『神社明細帳』
鹿島神社	柿本人麿合祀	戸奈良村字鹿島（佐野市戸奈良町）	明治四十二年六月四日芝宮無格社人丸神社合祀　『神社明細帳』
人丸神社		山形村宮ノ下（佐野市山形町）	『神社明細帳』
人丸神社		小中村字宮ノ下（佐野市小中町一〇六二）	陽成天皇ノ御宇慶元丁酉年三月里人信仰ニ依テ建立　『神社明細帳』『柿本人麻呂論』資料二参照
人丸神社		赤見村大字出流原（佐野市出流原町）	養水神　『下野神社沿革誌』（祭日　六月十五日）『柿本人麻呂論』資料三参照

四社神社	柿本人麿丸合祀	下都賀郡赤麻村字前（栃木市藤岡町赤麻）	『神社明細帳』
雷電神社	柿本人麿朝臣命合祀	牛久村字東岡（栃木市大平町牛久）	明治四十年二月二十八日字東田無格社人丸神社合祀許可　『神社明細帳』
春日神社	柿本人麿合祀	横堀村字吾妻（栃木市大平町横堀）	明治四十二年九月二十二日同村字西無格社人丸神社合祀許可。明治四十一年十月十五日合祀済　『神社明細帳』
人丸神社		下都賀郡手岡村字萩原（日光市手岡）	『神社明細帳』
人丸神社		河内郡大沢村大字猪倉字大重（日光市猪倉）	祭神　事代主命　『神社明細帳』
人丸神社	春日神社境内	足利郡坂西村大字山下字春日岡（足利市山下町）	『神社明細帳』
人丸神社		久野村大字野田字上（足利市野田町）	嘉永四年再建　『神社明細帳』
人丸神社		塩谷郡松山新田字唐沢（さくら市松山新田）	『神社明細帳』

示現神社		那須郡大字山田村小砂字森前（那須郡那珂川町小砂）	祭神　大己貴命・味耜高彦根命 上古柿本明神、大己貴命ヲ奉祀セシヲ文治四年酉年神田城主須藤頭貞信当国一ノ宮二荒山神社ヲ勧請。柿本慈現大明神ト称ス。ノチニ示現神社ト称ス。『神社明細帳』
宇津宮大明神	祭神　柿本人麻呂霊	宇都宮市馬場町一、二荒山神社（宇都宮市馬場通り一の一の一）	『和漢三才図会』（資料二）
人丸神社	妙義神社境内	群馬県北甘楽郡妙義町大字妙義字妙義山（富岡市妙義町妙義六）	『神社明細帳』
砥沢神社	柿本朝臣人麿配祀	尾沢村大字砥沢字日向（甘楽郡南牧村大字砥沢二七七）	『神社明細帳』
武尊神社	柿本人丸朝臣合祀	利根郡片品村大字花咲字老沢（利根郡片品村大字花咲二〇二一）	『神社明細帳』
人麻呂社	八幡宮境内	久呂保村大字川額字宮	『神社明細帳』

		具戸（利根郡昭和村大字川額一〇〇七）	
人麿社	若宮八幡宮境内	碓氷郡豊岡村大字下豊岡字若宮（高崎市下豊岡町）	『神社明細帳』
厳島神社	柿本人丸大人合祀	前橋市紅雲町二丁目一六番（前橋市紅雲町二丁目一六の一一）	通称「人丸さま」　人丸歌碑あり
人麿神社	氷川神社境内	埼玉県川越市大字川越字宮下町（川越市宮下町二の一一の三）	当所喜多町綾部利右ヱ門宅地ヨリ遷スト云フ　年月不詳　昭和二十年二月一日祭神名訂正『神社明細帳』（祭日　四月十八日）
諏訪神社	上之村神社境内 柿本人丸合祀	熊谷市大字上之字小宮（熊谷市上之一一六）	『神社明細帳』
上南畑神社	柿本人丸合祀	入間郡南畑村大字上南畑字鼠橋（富士見市上南畑二九五）	『神社明細帳』
柿本人麿社	意富比神社境内	千葉県東葛飾郡船橋町船橋五日市字宮ノ内	『神社明細帳』

		（船橋市宮本五丁目二ノ一）	
人麿神社	二宮神社境内	千葉郡二宮村三山字西庭 （船橋市三山五の二〇の一）	『神社明細帳』
下立松原神社	柿本人丸合祀	安房郡長尾村滝口字西犬ケ沢 （南房総市白浜町滝口一七二八）	『神社明細帳』
人丸神社		成田市小泉	祭日　三月十五日
人麿社	浅草神社相殿合祀	東京第五大区八小区浅草馬道街 （東京都台東区浅草二の三の一）	『神社明細帳』（明治七年）『柿本人麻呂論』資料四参照
柿本社	八幡神社末社	第二大区小六区西窪八幡街 （東京都港区虎ノ門五の一〇の一四）	『神社明細帳』（明治七年）
大鳥神社	神田神社境内 柿本人麿朝臣合殿	神田区神田宮本町 （東京都千代田区外神田二の一六の二）	合殿人麿朝臣ハ頓阿法師彫刻ノ像ニシテ摂津国住吉神社へ納メシ百体ノ内ノ一体ナリ古来□□文政年間大鳥神社新築シテヨリ合殿トス 『神社明細帳』（明治十三年） （祭日　三月十八日）
月読神社	稲荷神社末社 人丸明神合祀	第十一大区一小区小梅村 （東京都墨田区向島二丁目五ノ一七三囲神社）	稲荷神社　明治六年十月十八日依願ニ三囲神社ト改称　『神社明細帳』（明治七年）

人丸社	不動堂境内	関口目白（東京都文京区関口二の五）	『御府内備考続編』
人丸大明神	牛島神社牛御前旅所末社	南本所石原町（東京都墨田区本所二の二の一〇）	『御府内備考続編』
人丸大明神	遠州秋葉山宿坊末社	北本所番場町（東京都墨田区）	『御府内備考続編』
人麿大明神	白山権現社末社五社相殿の内	小石川（東京都文京区白山五の三一の二六）	『御府内備考続編』
人丸社		深川佃町河岸通、亀井能登守浜屋敷（東京都江東区牡丹三丁目）	『遊歴雑記』（江戸叢書巻の七）
人麻呂祠	諏訪明神社別当法輪山浄光寺境内	日暮里諏訪の台（東京都荒川区西日暮里三の四の三）	『江戸名所図会』
（柿本神詠之碑）	牛頭天王社境内	品川区北品川三丁目七の一五、品川神社	同所本社の前、石階の上、左の崖《きし》に臨みてあり。石面に『明石の浦』の神詠を彫り付けたり。神祇伯卜部兼雄卿の真筆なり。『江戸名所図会』
人丸塚	安養院境内	神奈川県鎌倉市大町名越（鎌倉市大町三の一の二二）	景清の娘「人丸姫」の墓もと鎌倉巽荒神東方の畠の中にあ

			り人麻呂の歌塚ともいう。
児丘神社	柿本人麿神霊	富山県婦負郡百塚村宮尾字柳原八百六十八番地（富山市宮尾八六八）	『神社明細帳』 資料五
志留塚	長慶寺境内	富山市五艘一八八二	
人麿社		石川県鹿島郡西岸村字瀬嵐ク七九ノ三（七尾市中島町瀬嵐ク部七九の三）	祭神 表筒男命、中筒男命、底筒男命 『神社明細帳』
人麿神社	足羽神社境内	福井県福井市足羽上町第十号百十七番地字足羽山（福井市足羽町上町一〇八）	『神社明細帳』 資料六
人丸社	岡宮神社境内	長野県東筑摩郡松本町大字北深志字和泉町（松本市旭二丁目四の一六）	『神社明細帳』
人丸大明神	玉依比売神社境内	長野市松代町東条（長野市松代町東条字内田四四三）	
人麿神社	八王子神社境内	岐阜県恵那郡明知町字古町（恵那市明智町明智一四〇〇）	『神社明細帳』 明智光秀の建立と伝える。

		の一）	
神明神社	柿本人丸合祀	高山市天性寺七一（高山市天性寺町七一）	『神社明細帳』
人丸神社	八幡宮境内	静岡県志太郡吉永村利右衛門字大島（焼津市利右衛門）	『神社明細帳』
柿本社	阿豆佐和気神社相殿	熱海市字来宮（熱海市西山町四三の一）	祭神　不詳　『静岡県神社誌』
人麿社	吉祥山林泉寺境内	愛知県春日井郡田幡村（名古屋市北区城見通三丁目）	三月十八日和歌奉納　『尾張所名図会』
人丸祠	住吉社境内	愛智郡熱田尾頭町（名古屋市熱田区新尾頭町三八の三）	『尾張名所図会』
人麿社		三重県度会郡山田一志久保町字参道	『神社明細帳』明治四十一年八月十七日藤社に合祀
伊佐和神社	人麿公合祀	飯野郡射和村字中山一〇七三番（松坂市射和町一〇七三）	『神社明細帳』
能褒野神社	柿本神合祀	鈴鹿郡川崎村大字田村字名越女ケ坂	『神社明細帳』

		（亀山市田村町一四〇九）	
御影祠	柿本人麻呂	近江国竹生島（滋賀県長浜市早崎町）	柿本人麻呂は平城天皇の御時夢の告けによつて大同二年七月十三日人丸の霊を近江国竹生島に崇むと云々　延喜二年七月十八日に人丸の霊を代々大内竹のつほに崇む『塩尻』
人丸社	安井神社境内	京都府下京区第廿二組下弁天町（京都市東山区東大路松原上ル下弁天町七〇）	『神社明細帳』
新柿本神社	菅大臣神社境内	下京区第拾壱組菅大臣町（京都市下京区仏光寺通新町西入菅大臣町一八七）	京都和歌三神之其一トテ従往古朝廷御崇敬被為在候也。元治元甲子年焼失後朝廷御寄附金百円ヲ以本社造営仕候由ニ御坐候也。『神社明細帳』
人丸神社	住吉神社境内	下京区第拾組西高辻町（京都市下京区醒ヶ井通高辻下る住吉町四八一）	『神社明細帳』
柿本人麻呂神像	下御霊神社末社猿田彦社相殿	上京区第弐拾五組下御霊前町（京都市中京区寺町通丸太町	柿本人麿神像従前華族中御門家伝来也　明治十一年六月十五日当社

		下ル）	合祀　『神社明細帳』
人丸神社		熊野郡川上村字布袋野（京丹後市久美浜町布袋野）	『神社明細帳』
柿本社	本圀寺境内	下京区第拾七組柿本町（京都市山科区御陵大岩六）	昔紀貫之六条□楊梅ノ地ヲトシ社ヲ造立スル所トアリ然ニ延喜年中洪水アリシトキ社漂没シテ一丘ノミ遺レリ傍ニ老タル柳アリ世ニ人丸塚ト云フ　『寺院明細帳』
朝日神明宮		下京区第拾九組下鱗形町（京都市下京区麩屋町五条上る下鱗形町四五四）	末社として人丸社があったが、天明大火（一七八八年）により焼失。
柿本社		上京区　仙洞御所（京都市上京区京都御苑内仙洞御所）	文化十四年光格上皇時代に火の神として祀られた。
人麿石像	西光院境内	西京御前通東三軒町（上京区仁和寺街道御前通）	『都名所図会』『柿本人麻呂論』
人丸弁天	吉祥院天満宮	唐橋の南（京都市南区吉祥院政所町三）	資料七参照　『都名所図会』
人丸塚	壬生寺境内	坊城通高辻下ル西側（京都市中京区坊城仏光寺北	一説に悪七兵衛景清の娘人丸の塚かという。

		入る）	
人丸堂	妙光寺境内	葛野郡鳴滝村北山（京都市右京区宇多野上ノ谷町二〇）	『雍州府志』
柿本神社	水無瀬宮境内	大阪府三島郡島本村大字広瀬字開戸（三島郡島本町広瀬三の一〇の二四）	『神社明細帳』
十二柱相殿社	御霊神社飛地境内神社　祭神　柿本人丸霊	大阪市西区南堀江三番丁二一番地	『神社明細帳』
柿本社	射楯兵主神社境内	兵庫県飾東郡姫路大名町六拾九番地（姫路市総社本町一九〇）	『神社明細帳』　祭日　四月十八日
柿本神社		明石郡大明石村字人丸下（明石市人丸町一の二六）	『神社明細帳』「人丸塚」を明石城本丸跡に伝える。『柿本人麻呂論』第四章「人麻呂の旅」参照。同書資料八参照
柿本神社	住吉神社境内	明石郡大久保町字宮之先（明石市大久保町九一〇）	『神社明細帳』
人麻呂神社		印南郡今市村字西所（高砂市伊保町今市字西所三六七）	『神社明細帳』

人丸神社		飾磨郡青山村字妻見ケ岡（姫路市青山六の九の一八）	『神社明細帳』 祭日　四月十八日
大年神社	乎疑原神社境内 人丸神合祀	加西郡九会村字天神（加西市繁昌五二九）	『神社明細帳』
人丸神社	天満神社境内	多紀郡高屋村字堂前ノ坪（篠山市高屋）	『神社明細帳』
人丸神社	生田神社境内	神戸市生田区下山手通一丁目（神戸市中央区下山手通一丁目二の一）	『兵庫県神社誌』 祭日　三月十八日
九所御霊天神社	柿本人丸合祀	姫路市東郷町字大善田（姫路市大善町七）	『県神社誌』
人麿神社		奈良県高市郡真管村大字地黄字西浦（橿原市地黄町四四五）	柿本人麿朝臣第宅ノ跡ニテ天武天皇朱鳥年間日並知皇子ノ大舎人ニ補セラレ食邑此地ヲ賜フ　『神社明細帳』（明治二十六年）『柿本人麻呂論』第一章「人麻呂の世界」参照
柿本神社		葛下郡新庄村大字柿本小字西清水（葛城市柿本一六二一）	人麻呂ハ藤原ノ朝ニ仕へ給シ時当柿本ノ地ヲ知給シトモ云、或ハ此ノ里ニ生レ給シ故ニ柿本ノ称号ア

			リト里俗ノ聞伝ヘルナリ『神社明細帳』（明治二十五年）『柿本人麻呂論』第一章参照。同書資料九参照
柿本神社		添上郡櫟本村大字櫟本（天理市櫟本町二四二一）	『神社明細帳』（明治二十六年）『柿本人麻呂論』第一章参照。同書資料十参照
人丸塚	世尊寺跡	吉野郡吉野町吉野山	「人生る塚」「火止る塚」などと伝える。
真妻神社	人麿合祀	和歌山県日高郡真妻村大字松原字上裏（日高郡印南町大字楩川五二〇）	元同郡切目川村大字見影字森脇鎮座の和歌三神社を合祀『神社明細帳』
天満神社	柿本人麿合祀	伊都郡学文路村大字南馬場字上垣内八百弐拾五番地（橋本市南馬場八二一）	人丸神社　永正年間勧請ト云フ同字松西坂鎮座無格社明治四十二年四月一日合祀『神社明細帳』
伊勢部柿本神社		海南市日方（海南市日方一三三八）	祭神　天照皇太神
柿本神社		島根県安濃郡大田村字岡ノ前（大田市大田町大田ロ）	『神社明細帳』

柿本神社	物部神社末社	川合村（大田市川合町川合一五四五）	寛永中勧請『神社記』
柿本神		小屋原村柿木	『神社記』
可良浦人丸宮		大田市五十猛町大浦（大田市五十猛町）	
稲荷神社	大年神社境内 柿本人丸合祭	那賀郡都野津村字都山（江津市都野津町二二二二）	『神社明細帳』
人麿神社		江津市都野津町島星山	
柿本社		渡津村塩田浦（江津市渡津町）	『神社記』
井上の人丸神		都野津村（江津市都野津町）	『神社記』
柿本神社	秋葉神社合祀	浜田市亀山城内（浜田市殿町）	
杵築神社	大元神社境内 柿本人麿合祭	漁山村大字田橋字下田屋（浜田市田橋町五一八甲の二）	合祭柿本人麿ハ柿本神社ト称ス本社ハ那賀郡漁山村大字田橋字原曾根ニ鎮座ノ処明治四十年十月本社境内ニ移転ス『神社明細帳』
柿本神社	八幡宮境内粟嶋神社合殿	邑智郡下口羽村字宮尾山（邑南町下口羽二〇五一）	『神社明細帳』

柿本神社		美濃郡高津村大字高津字鴨山（益田市高津町イ二六一二の一）	『神社明細帳』『柿本人麻呂論』資料十一参照
柿本神社		戸田村字東光山（益田市戸田町イ八五六）	『神社明細帳』『柿本人麻呂論』資料十二参照
八幡宮	人丸合祭	遠田村字海龍山（益田市遠田町）	『神社明細帳』
人丸神社		宇津川村字鴨見山（益田市美都町宇津川）	弥重何某本郡高津村柿本社ヨリ勧請『神社明細帳』
八幡宮	柿本人丸合祀	都茂村大字久原字久政山（益田市美都町久原二〇一六）	柿本神ハ安永五年三月当所寺戸喜平勧請ノ由申伝フ大正二年十月合祀『神社明細帳』
柿本神社	八幡宮境内	紙祖村字西栄山（益田市匹見町紙祖）	速田ニ鎮座之所安政二年当今ノ地エ移転ス『神社明細帳』
柿本神社		澄川村字長迫（益田市匹見町澄川）	『神社明細帳』
高城神社	柿本人麿合祀	高城村大字神田字段山（益田市神田町イ一〇八三）	高城村大字向横田字中谷山ニ鎮座柿本神社ト称シ　往昔人麿世ニ坐シ、時腰ヲ掛ケ玉ヘル松トテ今ニ

			大木アリ故ヲ以テ此地ニ祠ヲ立テ奉祭スト云伝フ『神社明細帳』
柿本社		遠田村中浜（益田市遠田町）	『神社記』
柿本社		遠田村鵜鼻（益田市遠田町）	『神社記』
人丸社	八幡宮末社	西村（益田市匹見町紙祖）	『神社記』
人丸社		小平村くひ峠（益田市匹見町澄川）	『神社記』
柿本神社		向横田村（益田市向横田町）	『神社記』
柿本神社	大年神社相殿	小浜村（益田市小浜町）	『神社記』
人麿神社	河内神社相殿	六日市村立河内（鹿足郡古賀町立河内五二四）	
人丸神社	宇津川新宮神社合祀	美都町下山（益田市美都町宇津川下山）	慶応二年戸田より勧請
杵築神社	柿本人麿合祭	鹿足郡枕瀬村字西ノ宮（鹿足郡津和野町枕瀬字西ノ	『神社明細帳』

		宮）	
八幡宮	柿本人麻呂合祭	左鐙村字潮山 （鹿足郡津和野町左鐙字潮山）	天保六年美濃郡高角ヨリ勧請シテ両神社ト唱ヘ八幡宮境内末社ニ鎮座『神社明細帳』
柿本社	大元社境内	中木屋村 （鹿足郡津和野町豊稼中木屋）	『神社記』
柿本社		津和野町大字後田 （鹿足郡津和野町後田）	津和野藩鉄砲組の鎮守として奉斎
人麿神社	金屋子神社境内	安来市安来町　日立金属株式会社安来工場内	
山根薬師堂	乗相院境内	安来市安来町一四一七	人丸社修造の記録がある
人麿公墳墓	徳応寺境内	安来市安来町一四六九	人麿都より帰国の途次、当山にて卒去『安来郷土誌』
人丸社	玉井宮末社	岡山県上道郡門田村 （岡山市中区東山一丁目三の八一）	『神社明細帳』
柿本神社	大神神社相殿	四ノ御神村　古名土師村 （邑久郡長船町土師）	祭神　不詳『神社明細帳』
河内神社	柿本人丸合祀	広島県山県郡殿賀村大字下殿河内字	応永二十七年八月創立『神社明

		穴袋（加計町穴袋）	細帳』香草に住んでいた野田六助氏が穴袋に移住するに際して河内神社より絵馬をもらい、これを穴袋に奉祀したのがはじまりである。現在その絵馬はない。祭日　十月二十九日（現在は十一月三日）宮司談
人丸神社		賀茂郡竹原町大字下市字的場（竹原市竹原町的場）	明和元年八月此勧請スト云フ『神社明細帳』
旭山神社	柿本人丸神合祀	佐伯郡巳斐町字石亀（広島市西区己斐西町一二ノ一〇）	明治四十一年四月二十二日、境内柿本神社合併『神社明細帳』
八幡神社	柿本人麿合祀	神石郡豊松村大字豊松字中筋谷和部山（神石郡神石高原町下豊松）	同村大字同字平谷新屋上ヱ人麿神社合併『神社明細帳』
柿本神社	野上八幡神社境内	深安郡吉津村字松迺尾山（福山市北吉津町一丁目二の一六）	祭日　三月十八日『神社明細帳』（明治四年）
人丸社		佐伯郡大野村上更地迫ノ谷（廿日市市大野上更地二〇七	寛政二年三月十八日石見国人丸社を勧請『大野町誌』

人丸祠	浄土寺境内	六） 尾道市東久保町 （尾道市東久保町二〇の二八）	『尾道志稿』
人丸祠	西江寺末寺十王堂境内 （西郷寺）	尾道市東久保町 （尾道市東久保町八の四〇）	『尾道志稿』
人丸社	椎尾八幡宮末社	山口県玖珂郡竹安村字花蓮 （岩国市）	『神社明細帳』
人丸社	大帯姫八幡宮末社	日積村字尾尻 （柳井市日積）	石州高角人丸神社勧請　寛文年中一郷守護神として勧請　『神社明細帳』
柿本社	岩隈八幡宮末社	田尻村字奥畑 （岩国市周東町）	『神社明細帳』
杦尾社	河内神社末社 柿本人麻呂配祀	佐坂村字杦ノ尾	『神社明細帳』
柿本社	岩隈八幡宮末社	玖珂本郷村 （岩国市本郷町）	『神社明細帳』
柿本神社	椎尾八幡宮末社	錦見村屋敷の上 （岩国市錦見）	『山口県風土誌』
柿本神社		玖珂村玖珂の阿山	『県風土誌』
柿本神社	愛宕神社相殿	下駄床村滝の上	『県風土誌』

人丸祠		（坂上村） 下久原村	『防長風土注進案』
柿本社	客社相殿	（岩国市周東町） 苻谷村下ノ丘	享保年間蝗災痢疾流行之節、為病難除勧請之『注進案』
人丸社	桜ノ宮五座相殿	（岩国市錦町） 広瀬村高木屋	『注進案』「桜ノ宮」は「梅ノ宮」
人丸大明神	地主大明神相殿	（岩国市錦町） 中ノ瀬大野村峠	『注進案』
人丸大明神	河内大明神相殿	（岩国市美川町） 根笠村扇野	『注進案』
人丸明神	寄江大明神相殿	（岩国市美和町） 下畑村柿ノ木原	『注進案』
人丸大明神	客大明神相殿	（岩国市周東町） 獺越村北畑	『注進案』
人丸社	丹生大明神相殿	（岩国市周東町） 獺越村久杉	『注進案』
斎宮神社	柿本人麿配祀	周東町大字西長野二一九二 （岩国市周東町西長野二一九二）	『山口県神社誌』

人麿社	氏社相殿	錦町広瀬向畑（岩国市錦町）	
人麿社	須万地天神社相殿	錦町広瀬須万地（岩国市錦町）	
人麿社	河内神社相殿	錦町広瀬尾川（岩国市錦町）	
人麿社	明神社相殿	錦町広瀬郷（岩国市錦町）	
人麿社		錦町深須上沼田（岩国市錦町）	
人丸社	椎尾神社境内 粟島社同殿	岩国市大字錦見三五二四（岩国市錦見）	
柿本社	神上神社末社	都濃郡下上村字武井（周南市大字上下）	『神社明細帳』（明治十二年）
人丸社	山崎八幡宮末社	川曲村字樋ノ迫（周南市大字川曲）	石見国高角柿本神社ヲ勧請其年月等不詳『神社明細帳』（明治十二年）
人丸社	八幡宮末社	末武上村字下垣内（下松市花岡）	宝暦年中石見国美濃郡高角人丸社ヲ勧請建立年月不詳『神社明細帳』（明治十二年）

柿本社	八幡宮末社	須万村字日浦（周南市大字須万）	『神社明細帳』（明治十二年）
柿本社	二俣神社末社	大向村字青字（周南市大字大向）	慶応四年春勧請『神社明細帳』（明治十二年）
人丸神社	花岡八幡宮境内	末武北村大字末武上村字八幡山（下松市大字末武上四〇〇）	『明治神社誌料』
柿本神社	三島神社末社	向道村大字大道理村字横川（周南市大字大道理）	文久三年八月石見国ヨリ霊ヲ分チ祀ル『神社明細帳』
柿本神社	神上神社末社	富岡村大字四熊奥四熊（周南市大字四熊）	『神社明細帳』
人丸神社	三島神社境内	鹿野町大字鹿野中今井（周南市大字鹿野中）	『県神社誌』
河内神社	柿本人丸大人配祀	新南陽市大字高瀬八四〇（周南市大字高瀬）	『県神社誌』
人麿社		下谷村西谷（徳山市）	『注進案』
柿本神社	河内神社境内	大道理村横川	文久三年八月石見国より霊を分ち

柿本神社		(周南市大字大道理) 下上村武井	祀る『県風土誌』 『県風土誌』
人丸社	河内大明神相殿	(周南市大字上下) 中須村柏山堂ノ前	『注進案』
人丸社		(周南市大字中須南) 中須村市頭	『注進案』
人麿社	天満宮相殿	(都濃町) 須々万本郷村殿木原	『注進案』
人麿大明神	河内大明神社相殿	(周南市大字須々万本郷) 須々万本郷村和奈古	『注進案』
人丸大明神	厳嶋大明神相殿	(周南市大字須々万本郷) 長穂村	祭神　日神『注進案』
柿本人丸	河内大明神相殿	(周南市大字長穂) 金峯村堂ノ巣	祭神　大山祇命・大己貴命『注進案』
柿元社	二所大明神相殿 祭神　人丸	(周南市大字金峰) 鹿野上村郷	『注進案』
人丸社	熊毛神社末社	(周南市大字鹿野上) 熊毛郡大河内村字甲ケ峠	『神社明細帳』(明治十三年)
人丸社	王子権現社境内	(周南市大字大河内) 呼坂村	『注進案』

		（周南市大字呼坂）	『注進案』
人丸祠		吉井村後山（熊毛郡田布施町大字宿井）	
柿本社		室積村御立山松原沖磯辺（光市室積町）	社伝曰、往昔小児咳逆死亡甚多し、困て人丸を奉勧請と云　『注進案』
柿本社		新宮村磯辺（光市）	『注進案』
人丸社	賀茂下上皇大神宮末社	三井村新山（光市三井）	祭日　八月朔日　『注進案』
柿本明神社		嶋田村山田（光市島田）	石州高角ヨリ勧請　『注進案』
柿本大明神		嶋田村湊山之内胡崎（光市島田）	『注進案』
人丸社	椿八幡宮末社	阿武郡椿郷東分村字諏訪ケ谷（萩市大字椿東字諏訪ヶ谷）	天正年中岩見国高津ヨリ是所へ勧請　『神社明細帳』（明治十二年）
竈戸社	八幡宮末社　相殿　柿本人麻呂	地福上村字用路（山口市阿東地福上用路）	『神社明細帳』（明治十三年）
人丸社	八幡宮摂社	紫福村字東善寺上（萩市大字紫福字東善寺）	往古石見国高角人丸社ヲ勧請　『神社明細帳』（明治十三年）

宇賀神社	八幡宮末社 相殿 柿本人麿	紫福村字滝ノ下（萩市大字紫福字滝ノ下）	奈古村字国木峠ニ有之ヲ明治十九年九月十日移転 『神社明細帳』
柿本神社	八幡宮末社	奈古村字浜崎（阿武郡阿武町大字奈古字浜）	『神社明細帳』（明治十三年）
柿本社	八幡宮末社	奈古村字土（阿武郡阿武町大字奈古土）	『神社明細帳』（明治十三年）
宇賀社	八幡宮末社 相殿 柿本大神	奈古村字国木峠（阿武郡阿武町大字奈古字野地）	『神社明細帳』（明治十三年）
医師神社	八幡宮末社 相殿 柿本人丸	奈古村字下郷（阿武郡阿武町大字奈古字下郷）	『神社明細帳』
柿本神社	八幡宮境内	大井村字市場（萩市大井字市場）	文政七年石見国高角ヨリ勧請 『神社明細帳』（明治十三年）
人丸社	楞厳庵境内	玉江村（萩市大字山田字）	『注進案』
人丸社	釿切貴布禰社境内	明木村釿切（萩市大字明木字釿切）	『注進案』
人丸社	六所権現宮相殿	佐々並村（萩市大字佐々並）	『注進案』

人丸社		福井下村畑（萩市大字福井下字畑）	『注進案』
柿本人丸大明神社		紫福村道ケ市（萩市大字紫福字道ヶ市）	人丸大明神之儀は神亀弐年御勧請ニ而、当村難病等之節は往昔より御祈禱被仰付　前々ヨリ御才判中配札等被仰付　『注進案』
八幡宮	柿本人丸合祭	紫福村字迫ノ谷（萩市大字紫福字迫ノ谷）	『明治神社誌料』
柿本神社	住吉神社境内	奈古村奈古浦（阿武郡阿武町大字奈古字浜）	『県風土誌』
人丸社		徳佐村台（山口市阿東徳作上）	『注進案』
須賀神社	柿本大神配祀	須佐町弥富鈴野川一一八五（萩市鈴野川一一八五）	『県神社誌』
人丸社	現観寺鎮守	佐波郡牟礼村（防府市）	祭日　三月十七日　『注進案』
人丸社	万福寺境内	東佐波令鋳物師（防府市）	祭日　九月十八日　『注進案』
人丸社		東佐波令勝間開作西土	祭日　正六九月十八日　『注進案』

		手（防府市）	
人丸社		東佐波令畑村（防府市）	祭日　三八月廿二日『注進案』
人丸社		東佐波令御館村（防府市）	祭日　九月十八日『注進案』
恵美須社	相殿柿本人麿	宮市町新町裏（防府市）	祭日　六月廿一日、十一月廿日『注進案』
人丸社	宗源院境内	上右田村（防府市）	祭日　八月十七日『注進案』
人丸社		奈美村田中（小野村）	祭日　九月十四日『注進案』
人丸社	祇園社境内	鈴屋村（小野村）	祭日　八月朔日『注進案』
人丸社		久兼村兵瀬（防府市大字久兼兵瀬）	『注進案』
人丸社		久兼村原河内（防府市大字久兼）	祭日　三月十八日『注進案』
人丸社		美禰郡大田村中新町（美祢市美東町太田上新町）	祭日　三月十八日　八月朔日『注進案』

人丸社		岩永村上下郷（美祢市秋芳町岩永下郷）	祭日　三月十八日『注進案』
人丸社		秋吉村東分平ヶ谷（美祢市秋芳町秋吉平ヶ谷）	祭日　十月七日『注進案』
人丸神社		山口市木町	祭日　九月廿一日
人丸神社		宮野住吉	祭日　九月七日
人丸神社	古熊神社末社	上宇野令古熊一三八（山口市古熊一丁目一〇の三）	
人丸神社	忌宮神社末社	豊浦郡豊浦村字金屋浜（下関市宮ノ内町）	寛政九年石見国ヨリ遷ス『神社明細帳』（明治十二年）
人麻呂社	白山神社境内	下保木村（下関市菊川町大字下保木五四三）	『神社明細帳』（明治十五年）
人丸社	植田神社境内	植田村（下関市大字植田）	『神社明細帳』（明治十五年）
人丸神社	美栄神社末社 稲荷神社相殿	楢崎村大字同字中ノ田（下関市菊川町大字楢崎）	『神社明細帳』
柿本神社	八幡宮末社	生野村大字後田村字大久保（下関市幡生宮の下町一六の	『神社明細帳』

人丸社	八幡宮末社	一八、生野神社） 大津郡菱海村大字新別名村 （長門市油谷新別名、八幡人丸神社）	『神社明細帳』（明治十三年） 『注進案』『柿本人麻呂論』資料十三参照
人丸神社	蛭子神社境内	徳島県那賀郡鷲敷村大字和食 （和食字町一五六）	『明治神社誌料』
人丸神社	蔭の宮八幡神社合祀	谷内村 （那賀町谷内字中分三三）	元平野字辺川谷に八代の森があり、祀られていたが大水の度に流れ、いつも蔭の宮の淵（塩壺淵）にかかるので現在地に祀る。『相生町誌』
柿本人麻呂祠		板野郡里浦村 （鳴門市里浦町里浦字坂田）	永久元年六月修理大夫藤原顕季、宇治蔵する所の画像を得之を祭る。『阿波誌』
人丸神社	奥宮神社境内	吹田村 （板野郡板野町吹田字奥宮九五）	昭和二十一年十月合祀　『板野町史』
人丸神社		三好郡三野町加茂野宮字西王地北	『三野町誌』
人丸社	八幡宮境内	愛媛県喜多郡阿蔵村	『神社明細帳』

		(大洲市阿蔵甲一八四四)	
柿元社		成能村	祭神　素盞嗚命　祭日　六月十四
		(大洲市成能)	日『神社明細帳』
人丸神社	日吉神社境外末社	宇和郡丸穂村字鶴嶌新田	祭日　五月七日『神社明細帳』
人麻呂神社	藤住吉神社	椛崎	祭日　六月十八日『神社明細帳』
人麿神社	和霊神社境内	宇和島市丸之内一の四の三	『愛媛県神社誌』
柿本社	伊佐尓波神社境内	温泉郡道後村	相殿　清原元輔霊　祭日　三月十
		(松山市桜谷町)	八日『神社明細帳』
古仙神社	湯嶋天神社境内	八幡浜市五反田ちゃえん一三	摂津豊後守実親の孫親興が歌道に
	祭神　柿本人丸公	一六	志して古仙神社を合祀。『県神社
			誌』
柿本神社		高知県高岡郡高岡町字宗福寺	祭日　七月廿六日　十月廿二日
		(土佐市高岡町乙)	『神社明細帳』
丸人神社	祭神　一説曰　人丸神	加茂村字丸人山	当村ノ内岡ケタ部落ノ産土神ナリ
		(高岡郡佐川町加茂)	モト客人大明神ト称ス　祭日　七
			月廿九日、十一月十日『神社明
			細帳』
春日神社	人丸神合祀	高知市大手筋大字公園	天保七年九月春日社御城へ御遷之
			節右三神外ニ人丸ノ神共自来御相
			殿ニ付同時ニ御遷宮先規之通其儘

			御相殿ニ祭有之御事又社牒ニ和歌三所明神トモ記セリ『神社明細帳』『柿本人麻呂論』資料十四参照
人丸社	太宰府神社境内	福岡県御笠郡太宰府村字馬場（太宰府市宰府四丁目七の一、太宰府天満宮）	鎮座年月不詳往古上会所下会所ト唱連歌執行ノ堂宇有リ上会所ハ境内ニテ下会所ハ境外ナリ歌道ノ祖タルヲ以テ上会所ニ往古ヨリ鎮祭ノ社今ニ於テ存在セリ明治九年更ニ伺立ノ上末社ニ列ス　例祭　陰暦九月廿五日『神社明細帳』
人丸神社	住吉神社境内	筑紫郡住吉町大字住吉字外薗（福岡市博多区住吉三ノ一ノ五一）	『神社明細帳』
和歌神社	祭神　柿本人丸	宗像郡東郷村大字大井字ワカ（宗像市大井）	永正二年二月八日大宮司氏続建立　例祭　陰暦九月廿五日『神社明細帳』
須賀神社	柿本人麿配祀	朝倉郡上秋月村大字上秋月字宮ノ尾（朝倉市上秋月）	元治元年旧藩主黒田長元南ノ邸中ニ創立シ五社大明神トモ称ス慶応四年此地ニ移ス『神社明細帳』

人丸神社		粕屋郡新宮村大字下府字日下（新宮町下府）	祭神　上総景清女人丸霊　『神社明細帳』
玉津島神社	柿本人麻呂配祀	熊本県玉名郡荒尾村大字宮内出目字居屋敷五百三十四番地（荒尾市宮内出目五三四）	当社建立年月等ハ詳カナラスト雖古老口碑ノ伝フル所ニ依レハ宝治年間小代手内左衛門尉重俊野原ノ荘地頭ニ補任来当地ニ菩提所トシテ寺院ヲ建立セシカ其後僧某一ノ堂宇ヲ建設シテ勧請スト云フ『神社明細帳』（明治三十九年）
人丸姫堂	景清公廟所境内	宮崎県宮崎郡大宮村大字下北方字塚原（宮崎市下北方町五八四一）	人丸姫ヲ埋ムル所　『神社明細帳』（明治廿三年）

（注）桜井満『柿本人麻呂論』（桜楓社、一九七七年）に収録されている「柿本人麻呂関係神社一覧」をもとに作成した。鎮座地のカッコ内の住所表記については、各地方自治体の関係窓口やウェブサイト、日本郵便のウェブサイト等をもとに、現住所（市区町村以下を表記）に変更した（二〇一五年五月現在）。なお、現住所が確認できなかったところについては、同書の表記のままとした。

人名索引

（「柿本人麿」は頻出するため省略した）

事項索引

あ行

か行

さ行

た　行

な　行

は　行

ま　行

や　行

《著者紹介》

古橋信孝（ふるはし・のぶよし）

1943年　東京都生まれ。

　　　　東京大学大学院人文科学研究科国語国文学専攻課程修了。文学博士。

現　在　武蔵大学名誉教授。

著　書　『古代の恋愛生活——万葉集の恋歌を読む』（NHK ブックス），日本放送出版協会，1987年。

　　　　『古代和歌の発生——歌の呪性と様式』東京大学出版会，1988年。

　　　　『神話・物語の文芸史』ぺりかん社，1992年。

　　　　『平安京の都市生活と郊外』（歴史文化ライブラリー），吉川弘文館，1998年。

　　　　『和文学の成立——奈良平安初期文学史論』若草書房，1998年。

　　　　『物語文学の誕生——万葉集からの文学史』（角川叢書），角川書店，2000年。

　　　　『誤読された万葉集』（新潮新書），新潮社，2004年。

　　　　『日本文学の流れ』岩波書店，2010年，ほか。

ミネルヴァ日本評伝選

柿本《かきのもとの》　人《ひと》　麿《まろ》

——神とあらはれし事もたびたびの事也——

2015年９月10日　初版第１刷発行　〈検印省略〉

定価はカバーに
表示しています

著　者　古　橋　信　孝
発行者　杉　田　啓　三
印刷者　江　戸　宏　介

発行所　株式会社　ミネルヴァ書房

607-8494　京都市山科区日ノ岡堤谷町１
電話代表（075）581-5191
振替口座　01020-0-8076

共同印刷工業・新生製本

ISBN978-4-623-07412-9

Printed in Japan

刊行のことば

歴史を動かすものは人間であり、興趣に富んだ人間の動きを通じて、世の移り変わりを考えるのは、歴史に接する醍醐味である。

しかし過去の歴史学を顧みるとき、人間不在という批判さえ見られたように、歴史における人間のすがたが、必ずしも十分に描かれてきたとはいえない。二十一世紀を迎えた今、歴史の中の人物像を蘇生させようとの要請はいよいよ強く、またそのための条件もしだいに熟してきている。

この「ミネルヴァ日本評伝選」は、正確な史実に基づいて書かれるのはいうまでもないが、単に経歴の羅列にとどまらず、歴史を動かしてきたすぐれた個性をいきいきとよみがえらせたいと考える。そのためには、対象とした人物とじっくりと対話し、ときにはきびしく対決していくことも必要になるだろう。

今日の歴史学が直面している困難の一つに、研究の過度の細分化、瑣末化が挙げられる。それは緻密さを求めるが故に陥った弊害といえるが、その結果として、歴史の大きな見通しが失われ、歴史学を通しての社会への働きかけの途が閉ざされ、人々の歴史への関心を弱める危険性がある。今こそ歴史が何のためにあるのかという、基本的な課題に応える必要があろう。評伝という興味ある方法を通じて、解決の手がかりを見出せないだろうかというのも、この企画の一つのねらいである。

狭義の歴史学の研究者だけでなく、多くの分野ですぐれた業績をあげている著者たちを迎えて、従来見られなかった規模の大きな人物史の叢書として、「ミネルヴァ日本評伝選」の刊行を開始したい。

平成十五年（二〇〇三）九月

ミネルヴァ書房

ミネルヴァ日本評伝選

上代

*俾弥呼　古田武彦
日本武尊　西宮秀紀
*仁徳天皇　若井敏明
雄略天皇　吉村武彦
*蘇我氏四代　遠山美都男
推古天皇　義江明子
聖徳太子　仁藤敦史
斉明天皇　武田佐知子
小野妹子・毛人　大橋信弥
*額田王　梶川信行
弘文天皇　遠山美都男
天武天皇　新川登亀男
持統天皇　丸山裕美子
阿倍比羅夫　熊田亮介
*藤原四子　木本好信
*柿本人麿　古橋信孝
*元明天皇・元正天皇　渡部育子
聖武天皇　本郷真紹
光明皇后　寺崎保広
*孝謙・称徳天皇　勝浦令子
藤原不比等　荒木敏夫
橘諸兄・奈良麻呂　遠山美都男
吉備真備　今津勝紀
*藤原仲麻呂　木本好信
道鏡　吉川真司
*藤原種継　木本好信
大伴家持　和田 萃
*行 基　吉田靖雄

平安

*桓武天皇　井上満郎
嵯峨天皇　西別府元日
宇多天皇　古藤真平
醍醐天皇　石上英一
村上天皇　京樂真帆子
花山天皇　上島 享
*三条天皇　倉本一宏
藤原薬子　中野渡俊治
小野小町　錦 仁
藤原良房・基経　瀧浪貞子
菅原道真　竹居明男
*紀貫之　神田龍身
源高明　所 功
*安倍晴明　斎藤英喜
藤原実資　橋本義則
*藤原道長　朧谷 寿
藤原伊周・隆家　倉本一宏
藤原定子　山本淳子
清少納言　三田村雅子
紫式部　竹西寛子
和泉式部　ツベタナ・クリステワ
大江匡房　小峯和明
*阿弖流為　樋口知志
坂上田村麻呂　熊谷公男
*源満仲・頼光　元木泰雄
平将門　西山良平
藤原純友　寺内 浩
空 海　頼富本宏
最 澄　吉田一彦
円 珍　岡野浩二
*空 也　石井義長
奝 然　上川通夫
*源 信　小原 仁
慶滋保胤　吉原浩人
*後白河天皇　美川 圭
式子内親王　奥野陽子
建礼門院　生形貴重
藤原秀衡　入間田宣夫
平時子・時忠　元木泰雄
平維盛　根井 浄
守覚法親王　阿部泰郎
藤原隆信・信実　山本陽子

鎌倉

源頼朝　川合 康
*源義経　近藤好和
源実朝　神田龍身
九条兼実　加納重文
九条道家　上横手雅敬
北条時政　野口 実
熊谷直実　佐伯真一
*北条政子　関 幸彦
北条義時　岡田清一
曾我十郎・五郎　杉橋隆夫
北条時頼　山本隆志
北条時宗　近藤成一
安達泰盛　山陰加春夫
平頼綱　細川重男
竹崎季長　堀本一繁
西 行　光田和伸
鴨長明　浅見和彦
藤原定家　赤瀬信吾
*京極為兼　今谷 明
*兼 好　島内裕子
重 源　横内裕人
*運 慶　根立研介
快 慶　井上一稔
法 然　今堀太逸
慈 円　大隅和雄
明 恵　西山 厚

親　鸞　末木文美士
恵信尼・覚信尼　西口順子
覚　如　今井雅晴
＊道　元　船岡　誠
叡　尊　細川涼一
＊忍　性　松尾剛次
＊日　蓮　佐藤弘夫
一　遍　蒲池勢至
夢窓疎石　原田正俊
＊宗峰妙超　竹貫元勝

南北朝・室町

後醍醐天皇　上横手雅敬
護良親王　新井孝重
＊赤松氏五代　渡邊大門
＊北畠親房　岡野友彦
楠正成　兵藤裕己
＊新田義貞　山本隆志
＊光厳天皇　深津睦夫
足利尊氏　市沢　哲
足利直義　亀田俊和
佐々木道誉　下坂　守
円観・文観　田中貴子
足利義詮　早島大祐
足利義満　川嶋将生
足利義持　吉田賢司
足利義教　横井　清
大内義弘　平瀬直樹
伏見宮貞成親王　松薗　斉
＊山名宗全　山本隆志
細川勝元・政元　古野　貢
日野富子　脇田晴子
世阿弥　西野春雄
雪舟等楊　河合正朝
宗　祇　鶴崎裕雄
＊満　済　森　茂暁
一休宗純　原田正俊
蓮　如　岡村喜史

戦国・織豊

北条早雲　家永遵嗣
＊毛利元就　岸田裕之
毛利輝元　光成準治
＊今川義元　小和田哲男
＊武田信玄　笹本正治
＊武田勝頼　笹本正治
＊真田氏三代　笹本正治
＊三好長慶　天野忠幸
＊宇喜多直家・秀家　渡邊大門
＊上杉謙信　矢田俊文
島津義久・義弘　福島金治
長宗我部元親・盛親　平井上総
吉田兼倶　西山　克
山科言継　松薗　斉
＊雪村周継　赤澤英二
正親町天皇・後陽成天皇　神田裕理
織田信長　三鬼清一郎
豊臣秀吉　藤井讓治
＊北政所おね　田端泰子
＊淀　殿　福田千鶴
前田利家　東四柳史明
＊黒田如水　小和田哲男
＊蒲生氏郷　藤田達生
＊細川ガラシャ　田端泰子
伊達政宗　伊藤喜良
＊支倉常長　田中英道
＊長谷川等伯　宮島新一
顕　如　神田千里
教　如　安藤　弥

江戸

徳川家康　笠谷和比古
＊徳川家光　野村　玄
徳川吉宗　横田冬彦
＊後水尾天皇　久保貴子
光格天皇　藤田　覚
崇　伝　杣田善雄
春日局　福田千鶴
宮本武蔵　渡邊大門
＊池田光政　倉地克直
保科正之　八木清治
シャクシャイン　岩崎奈緒子
＊田沼意次　藤田　覚
＊二宮尊徳　小林惟司
末次平蔵　岡美穂子
＊高田屋嘉兵衛　生田美智子
＊林羅山　鈴木健一
吉野太夫　渡辺憲司
中江藤樹　辻本雅史
＊山崎闇斎　澤井啓一
山鹿素行　前田　勉
＊北村季吟　島内景二
伊藤仁斎　澤井啓一
貝原益軒　辻本雅史
松尾芭蕉　楠元六男
＊ケンペル　B・M・ボダルト＝ベイリー
新井白石　大川　真
荻生徂徠　柴田　純
＊雨森芳洲　上田正昭
石田梅岩　高野秀晴
白隠慧鶴　芳澤勝弘
前野良沢　松田　清
平賀源内　石上　敏
本居宣長　田尻祐一郎
杉田玄白　吉田　忠
木村蒹葭堂　有坂道子
＊大田南畝　沓掛良彦
菅江真澄　赤坂憲雄
＊鶴屋南北　諏訪春雄
良　寛　阿部龍一
＊山東京伝　佐藤至子
＊滝沢馬琴　高田　衛
平田篤胤　山下久夫
シーボルト　宮坂正英
本阿弥光悦　岡　佳子
小堀遠州　中村利則
狩野探幽・山雪　山下善也
尾形光琳・乾山　河野元昭
＊二代目市川團十郎　田口章子
伊藤若冲　狩野博幸
鈴木春信　小林　忠
＊佐竹曙山　成瀬不二雄
葛飾北斎　岸　文和
酒井抱一　玉蟲敏子
孝明天皇　青山忠正
＊和　宮　辻ミチ子
徳川慶喜　大庭邦彦
島津斉彬　原口　泉
＊古賀謹一郎　小野寺龍太
＊永井尚志　高村直助
＊栗本鋤雲　小野寺龍太
大村益次郎　竹本知行
西郷隆盛　家近良樹
＊塚本明毅　塚本　学

*月性　海原徹
*吉田松陰　海原徹
*高杉晋作　海原徹
久坂玄瑞　一坂太郎
ペリー　遠藤泰生
ハリス　福岡万里子
オールコック　佐野真由子
アーネスト・サトウ　奈良岡聰智
緒方洪庵　米田該典
冷泉為恭　中部義隆

近代

*明治天皇　伊藤之雄
*大正天皇　F・R・ディキンソン
*昭憲皇太后・貞明皇后　小田部雄次
大久保利通　三谷太一郎
山県有朋　鳥海靖
木戸孝允　落合弘樹
井上馨　伊藤之雄
*松方正義　室山義正
北垣国道　小林丈広
板垣退助　小川原正道
長与専斎　笠原英彦
大隈重信　五百旗頭薫
伊藤博文　坂本一登
井上毅　大石眞
*井上勝　老川慶喜
*桂太郎　小林道彦
渡辺洪基　瀧井一博
*乃木希典　佐々木英昭
星亨　小林道彦
*児玉源太郎　小林道彦
*高宗・閔妃　木村幹
山本権兵衛　室山義正
*金子堅太郎　松村正義
高橋是清　鈴木俊夫
小村寿太郎　簑原俊洋
*犬養毅　小林惟司
*加藤高明　櫻井良樹
加藤友三郎・寛治　麻田貞雄
牧野伸顕　小宮一夫
田中義一　黒沢文貴
内田康哉　高橋勝浩
石井菊次郎　廣部泉
平沼騏一郎　堀田慎一郎
鈴木貫太郎　小堀桂一郎
宇垣一成　北岡伸一
*宮崎滔天　榎本泰子
*浜口雄幸　川田稔
幣原喜重郎　西田敏宏
関一　玉井金五
水野広徳　片山慶隆
広田弘毅　井上寿一
安重根　上垣外憲一
*グルー　廣部泉
*永田鉄山　森靖夫
東條英機　牛村圭
今村均　前田雅之
蔣介石　劉岸偉
石原莞爾　山室信一
木戸幸一　波多野澄雄
*岩崎弥太郎　武田晴人
伊藤忠兵衛　末永國紀
五代友厚　田付茉莉子
大倉喜八郎　村上勝彦
*安田善次郎　由井常彦
渋沢栄一　武田晴人
益田孝　鈴木邦夫
山辺丈夫　宮本又郎
武藤山治　阿部武司・桑原哲也
池田成彬　松浦正孝
西原亀三　森川正則
小林一三　橋爪紳也
大倉恒吉　石川健次郎
大原孫三郎　猪木武徳
*河竹黙阿弥　今尾哲也
イザベラ・バード　加納孝代
*林忠正　木々康子
*森鷗外　小堀桂一郎
*二葉亭四迷　ヨコタ村上孝之
夏目漱石　佐々木英昭
徳冨蘆花　半勝英明
巌谷小波　千葉信胤
樋口一葉　佐伯順子
*島崎藤村　十川信介
泉鏡花　東郷克美
上田敏　小林茂
*有島武郎　亀井俊介
永井荷風　川本三郎
北原白秋　平石典子
菊池寛　山本芳明
芥川龍之介　高橋龍夫
*宮沢賢治　千葉一幹
正岡子規　夏石番矢
高浜虚子　坪内稔典
与謝野晶子　佐伯順子
*種田山頭火　村上護
*斎藤茂吉　品田悦一
*高村光太郎　湯原かの子
萩原朔太郎　エリス俊子
*原阿佐緒　秋山佐和子
*狩野芳崖・高橋由一　古田亮
*小堀鞆音　小堀桂一郎
竹内栖鳳　北澤憲昭
黒田清輝　高階秀爾
中村不折　石川九楊
横山大観　高階秀爾
*橋本関雪　西原大輔
小出楢重　芳賀徹
土田麦僊　天野一夫
岸田劉生　北澤憲昭
*山田耕筰　後藤暢子
松旭斎天勝　川添裕
中山みき　鎌田東二
佐田介石　谷川穣
*ニコライ　中村健之介
出口なお・王仁三郎　川村邦光
島地黙雷　阪本是丸
*新島襄　太田雄三
新島八重　佐伯順子
木下広次　冨岡勝
海老名弾正　西田毅
嘉納治五郎　クリストファー・スピルマン
柏木義円　片野真佐子
津田梅子　田中智子
*澤柳政太郎　新田義之
河口慧海　高山龍三
山室軍平　室田保夫
大谷光瑞　白須淨眞
*久米邦武　髙田誠二
フェノロサ　伊藤豊
井上哲次郎　井ノ口哲也

三宅雪嶺　長妻三佐雄
*岡倉天心　木下長宏
志賀重昂　中野目徹
徳富蘇峰　杉原志啓
*竹越与三郎　西田　毅
内藤湖南・桑原隲蔵　礪波　護
廣池千九郎　橋本富太郎
岩村　透　今橋映子
*西田幾多郎　大橋良介
*金沢庄三郎　石川遼子
柳田国男　鶴見太郎
厨川白村　張　競
天野貞祐　貝塚茂樹
大川周明　山内昌之
西田直二郎　林　淳
折口信夫　斎藤英喜
辰野　隆　金沢公子
シュタイン　瀧井一博
*西　周　清水多吉
*福澤諭吉　平山　洋
成島柳北　山田俊治
福地桜痴　山田俊治
島田三郎　武藤秀太郎
田口卯吉　鈴木栄樹
*陸　羯南　松田宏一郎
黒岩涙香　奥　武則
長谷川如是閑　織田健志

*吉野作造　田澤晴子
山川　均　米原　謙
*岩波茂雄　十重田裕一
*北　一輝　岡本幸治
*穂積重遠　大村敦志
中野正剛　吉田則昭
満川亀太郎　福家崇洋
*北里柴三郎　福田眞人
高峰譲吉　木村昌人
田辺朔郎　秋元せき
*南方熊楠　飯倉照平
寺田寅彦　金森　修
石原　純　金子　務
*辰野金吾　河上眞理・清水重敦
*七代目小川治兵衛　尼崎博正
ブルーノ・タウト　北村昌史

現代

昭和天皇　御厨　貴
高松宮宣仁親王　後藤致人
*李方子　小田部雄次
吉田　茂　中西　寛
マッカーサー　柴山　太
石橋湛山　増田　弘
重光　葵　武田知己

市川房枝　村井良太
*池田勇人　藤井信幸
高野　実　篠田　徹
和田博雄　庄司俊作
朴正熙　木村　幹
竹下　登　真渕　勝
*松永安左エ門　橘川武郎
鮎川義介　井口治夫
*出光佐三　橘川武郎
松下幸之助　米倉誠一郎
渋沢敬三　井上　潤
*本田宗一郎　伊丹敬之
井深　大　武田　徹
*佐治敬三　小玉　武
幸田家の人々　金井景子
*正宗白鳥　大嶋　仁
大佛次郎　福島行一
*川端康成　大久保喬樹
*薩摩治郎八　小林　茂
太宰　治　安藤　宏
松本清張　杉原志啓
安部公房　鳥羽耕史
*三島由紀夫　島内景二
井上ひさし　成田龍一
R・H・ブライス　菅原克也
柳　宗悦　熊倉功夫

バーナード・リーチ　鈴木禎宏
イサム・ノグチ　酒井忠康
熊谷守一　古川秀昭
川端龍子　岡部昌幸
藤田嗣治　林　洋子
*井上有一　海上雅臣
*手塚治虫　竹内オサム
古賀政男　藍川由美
*吉田　正　金子　勇
武満　徹　船山　隆
*八代目坂東三津五郎　田口章子
*力道山　岡村正史
*西田天香　宮田昌明
安倍能成　中根隆行
サンソム夫妻　平川祐弘・牧野陽子
和辻哲郎　小坂国継
矢代幸雄　稲賀繁美
石田幹之助　岡本さえ
*平泉　澄　若井敏明
安岡正篤　片山杜秀
島田謹二　小林信行
田中美知太郎　川久保剛
前嶋信次　杉田英明
唐木順三　澤村修治
保田與重郎　谷崎昭男

*福田恆存　川久保剛
井筒俊彦　安藤礼二
佐々木惣一　伊藤孝夫
小泉信三　都倉武之
*瀧川幸辰　伊藤孝夫
矢内原忠雄　等松春夫
式場隆三郎　服部　正
*フランク・ロイド・ライト　大久保美春
*中谷宇吉郎　杉山滋郎
大宅壮一　有馬　学
今西錦司　山極寿一

*は既刊
二〇一五年九月現在